おかあさま、大丈夫よ

命の紅葉《こうよう》のとき

美川漾子

文芸社

はじめに

母が突然立つことも座ることもできなくなり、昏睡状態に入ったのは八十五歳の誕生日を過ぎて間もない頃でした。老衰の脱水症状でした。私達子供が幼い時に父が亡くなり、その後はいつも頼りになる母であり、丈夫な母でしたので、いつまでも永遠に元気でいてくれるような錯覚の中で生きていた私は茫然自失してしまいました。

ちょうど一月の半ばで、インフルエンザが猛威をふるっていた時でした。脱水症状で弱っていた母は間もなくそのインフルエンザの追い打ちをかけられ、一週間意識の混濁が続きました。高熱は下がらず、もう駄目かと思った時もありましたが、本来の強い生命力で山を乗り越えることができました。

その後何ヵ月かは家の中でなら歩くこともできたのですが、そのうち崩れるように足が立たなくなり、寝たきりになっていきました。しかしそれと同時に、母はかわいくかわいくなっていったのでした。

突然に始まった母の看護の最初のうちは五里霧中でした。何でもいいから誰かに何かを教えてもらいたくてたまりませんでした。おむつのこと、風邪のこと、室温のこと、体の痒《かゆ》がること、食事のこと、等々。そして教えてもらっても、伝授《でんじゅ》された方程式どおりに実行したり、しなかったり、また方程式どおりにしないほうが母の場合はよかったり、様々でした。看護の問題に関するテレビなども沢山見ました。参考になるものも数多くありました。また母の場合には余りあてはまらないものもありました。そして、いろいろなことを考えました。今でも教えてもらいたいことが多くありますが、それと同時に、私からも教えてあげたいこと、私の体験から聞いていただきたいことが沢山あります。

母は寝たきりになった後も、比較的よく言葉で自分を表現するほうでした。そうした母の言った言葉なども多くの人に聞いていただいて、寝たきりになっている者はどのようなことを考えるのかを知っていただきたいと願います。アメリカでは「老人学」という学問があると聞きました。日本の大学にもあるのでしょうか。もしもあるのなら、私も受講できる道はあるのでしょうか。また、児童心理学、青年心理学があるように、老人心理学というものがあるのでしょうか。その研究に従事している方がおられるのなら、その方に母の言葉を知っていただいて、優しい観察をしていただけたらと願います。

十二年の道程で、私はいろいろな問題に出くわし、様々なことを知り、考え、また良いこと悪いことといろいろとやりました。そうした母との様々のやりとりを折にふれ友人達に話すと、皆とても面白がってくれました。ある友人はこんなことを言いました。ほかにも年老いた親を看ている友達が何人かいるのだが、彼らの話を聞くと、やりきれないほど惨めな気持ちになってしまう。それに比べて私のずる母の話は楽しくてほっとするのだ、と。彼女にだけでなく、ほかの人にもどうやら母の話は面白いらしく、何人かの友人に本を書くことを勧められました。

いま私もこうしてその気になったのは、友人達の勧めに乗ったというよりもむしろ、一つには、同じように看護にあたっている人々に、私の何年もかけて発見したり工夫したりしたことを、できるなら利用していただきたいと思う気持ちからと、もう一つには、多くの人々に、老いていく方々を大切にしてくださるようお願いするとともに、老いていくことは決して暗いことだけではないことを知っていただきたい気持ちからです。

老人、特に寝たきり老人の問題は、来るべき高齢化社会にかかわる社会的問題でもあり、対処すべき多くの問題があるので、必然的に政治的性質をおびてきます。そしてそれを訴えかけていく相手の多くは行政機関なので、その相手のいわゆるお役所的体質の故に、「老人看護」という、こんなにも切実で具体的な問題がみるみるうちに掴《つか》み所のない抽象的な問題に変わっていってしまいがちです。

私はこの気化現象がやりきれません。それでもなお、この問題の社会的働きかけはしていかなくてはなりませんが、申し訳ないけれどもそれはほかの人に委ねることにして、私は自分のできる足元のことをやっていきたいと思います。

今のそれは、母と私の十二年間の歩みをご披露することではないかと考えました。この歩みの途上に転がっていた問題は雑多でしたし、母の姿も雑多、特に私の心の様《さま》は雑多でした。だからこの本の内容は雑多で筋道が通らないものにならざるを得えませんでした。でもあえて、この母と私の「がらくた箱」を開けてお見せしたいと思います。滑稽だなと思われることが沢山あると思います。でも、お役に立てることもきっと入っているのではないかと思うのです。

美川　漾子

二〇〇五年春

おかあさま、大丈夫よ

目次

我が家のおむつの当て方応用編

母の語録

読者の皆様へ

この作品には、差別的表現が見られますが、作者は差別意識を持ってこの作品を描いているわけではありません。むしろ、作者は、歴史的背景として存在した過去の差別を超克して人間存在の実現を追求しようとしており、そのため、敢えて当時使用されていた表現のまま刊行することといたしました。

（編集部）

下り坂

下り坂

考えてみると、母が寝たきりになってしまってからよりも、そこに至る下り坂の時期のほうが私にとっては辛かったように思います。八十歳を過ぎる頃から、母の日常の生活を行う力に少しずつ衰えが見えてきました。父は早くに亡くなり、その後はずっと母一人で私どもを育て、停年で大学の職を去るまで頑張ってきたことを思うと、そのような母に相応しい生涯の終わりをもたせたいと私は祈り、母もまたそれを願っていたと思います。

しかし現実には、下り坂は徐々に徐々に始まっていきました。何か不可抗力的な力によって母の中の何かが壊れていくことに、母ではなく私のほうが気付き、うろたえ慌てました。そして愚かにも母を叱咤激励《しったげきれい》してみたりしました。本をよく読む人、手紙や物をよく書く人は呆けることがないと聞いていましたので、それなら母は大丈夫だと思っていたのです。母もまた、脳軟化症にだけはなりたくないとよく言っていました。

あの頃のそうした私の思い、母の思いを今振り返ってみると、あれはただ神の摂理を拒む高慢以外の何ものでもなかったと思います。坂の下には広くひろがる童話の世界の中にあるような穏やかな野原が待ち受けていました。

あるテレビ番組で「老人の呆け」が取り上げられたことがあります。レポーターは荻昌弘氏だったと記憶しております。彼が、「呆けにはいろいろと問題があるとはいえ、ある見方をもってすれば、〔老い〕という人間にとっての痛みの時期に直面する時に、それは少しなりとも、その人間の痛みを和らげる天の摂理ではないだろうか」という意味のことを言われました。私も本当にそうだと思います。

いまは亡き私どもの牧師がよく母に、「かわいいおばあちゃんになるのだよ」と言っておられました。なかなか手強いばあさんだったから、そのように言っておられたのだと思うのですが、その母がかわいくかわいくなっていきました。かつては何かを忙しそうにやっていないと気が済まなかった母が、寝たきりになったあとは、のんびりと私ども看護する者の動くのを見ていました。何ともいえないかわいい顔で微笑みます。そのような母の姿は、私には神の温かいあわれみの業《わざ》であるとしか思えないのです。

思い出してみると、母はまだ元気な頃こんなことを言っていたことがありました。それは私が、「死ぬ時には人にも迷惑がかからないよう、また自分にも苦痛がないように、旧約聖書の中に出てくるエノクのように、あっという間もなく天に召されたい」と言った時でした。母は「わたしはそんなの嫌だわ。わたしは少し皆を大騒ぎさせてから召されたいわ」と言いました。そうだとなると、母の願っていたようになったわけです。

でも時折、母と同年輩の人がしっかりと頭も衰えずに生活していることを耳にしたりすると、ふと淋しく思ったりすることもありました。でもすぐに、母には母の最善がなされたのであることと思い直し、そこに立ち戻りました。

老いの兆し

母はおしゃれが好きな人でしたが、老いの坂を下り始める頃になると、しゃれっ気はあるのだがどうやってしゃれていいのか分からない様子でした。それで私が、洋服の時は上から下まで全部着るものを揃え、つけるアクセサリーも決めて用意しました。和服のほうが母にとっては習慣として身についているので、まごつかないようでしたが、いい着物を着る時は私がきれいに着付けてあげました。そのようにして洋服であれ和服であれ、パリッとして外出して行く母はとても気分が良さそうでした。人から着付けがきれいだが美容院で着せてもらうのかと聞かれると、母はいつも「いいえ、自分で着ます」と答えていたらしいのです。見れば誰にでも分かるのだから、嘘などついたら却ってみっともないから、娘に着せてもらったと正直に言うように勧めたのですが、母は相変わらずその嘘を繰り返していたようです。母にとっては、人に着せてもらっておしゃれをすることのほうが、嘘をつくことよりずっとみっともないことだったのです。

嘘をついておしゃれをしている頃は、まだ勝ち気な元気な頃でした。私と母は日曜日には教会に行くのですが、それまでは私が高校生のクラスを担当していたので、母より一時間半早く家を出、母はバスと国電を使って一人で教会へ行くようにしていました。それがある時から、早く家を出てもいいから私と一緒に行くと言い出しました。その時からほぼ一年間、母は私が教えている高校生のクラスにも出席して、それなりに喜んではいたのですが、私の気持ちは複雑でした。年若い高校生達と一緒にノートをとりながら聖書を学んでいる母の姿を見て私の思うことは、一人で乗り物に乗り降りするのが苦痛になっている母の老いた姿でした。そしてやがては母が教会に行けなくなる日のくることを、また私も母のために教会に行けなくなる日のくることを考えていました。

その頃だったと思います。ある日、母は私の収入はいくらかと尋ねました。私が答えると、少し考えたあと、その収入と同じ額を母が出すから、私に学校を退職してくれないかと頼みました。おかしくなって笑い出すより先にはっとしました。母は助け手が欲しかったのです。その時から、母中心の生活を始めました。それまでは、私の授業のない日は自分の仕事に使っていたのですが、それからは母の用事、病院への同行などに使うことにしました。体力が人よりない私は、自分の仕事と母のための仕事の双方に主力を注ぐことはできず、研究者としての生活は打ち切らざるを得ませんでした。そしてそれを悔いることはするまいと心に決めました。研究を続けることをやめた人間などは大学には必要ないと言われたら、やめるしかないなと思いました。ただその時までは、今迄の蓄積とほんの少しの勉強をもって、自分に出来るだけの授業を心こめてやらせてもらおうと考えました。

母のための仕事は母の命にかかわる仕事ですし、それは私にしかできない場所です。大学での仕事は、私が消えても何事もなかったかのように進み続けることでしょう。だから、母のことが第一、大学での授業は私の社会的責任として大事にはするけれども第二、そのあとは、学校でもっている週一回の聖書研究会、教会で担当させられている学生会の者達との交わり、また我が家でもたれる月二回の集会（これは母と私自身のために）をできるところまで続けていこうと考えました。このように順序を定めてから、私の母の付き添いの生活が始まりました。

母も、父が亡くなった後は仕事を持つ人でしたから、我が家は比較的いわゆる「世の仕来《しきた》り」というものなどは気にしないでやっていくほうでした。お正月の準備なども軽視していました。しかし、母が老いの坂を下り始めたことに私が気付いた頃から、お正月が近付くと、私の頭の中には「これが母の最後のお正月になるかもしれない」という思いがあり、一応のおせち料理などを作るようになりました。また、母の受け取る年賀状の数は多くて、その少なくとも半分には母は返事を出したいのに、それを書くことがそろそろできなくなっていたのです。もっとも、母はただの印刷しただけの賀状を出すことを嫌って、一人一人に何かを書こうとするのでこういうことになるのですが、元旦に受け取る二百通ほどの賀状を前に置いて、途方に暮れているのです。その解決策になったのが私の版画の賀状です。私が自分のために毎年作ってきた版画の賀状を百枚ほど増やすことにしました。こうすると、受け取る人は絵を喜んでくださるので、書き添える文は短くて済まされます。でも、それまでの五十枚から百五十枚に増えると大仕事になってしまいました。四版刷りの版画なので、原画を描き、版を彫り、刷るとなると、四日はかかります。要領の悪い親を助けようとする要領の悪い娘の曳く、火の車のようでした。

おまけに年末には、学校がある間はどうしても手抜きになっていた家の掃除が待っています。また大学での十二月、一月というのは学年末で、レポート提出や試験の準備があり、冬休みはそうした仕事の合間の短い隙間です。その冬休みに入るとすぐ、クリスマスの買い物やお祝いの間をくぐりぬけながら、力量の小さい私が版画作りや大掃除やおせち料理作りを始めるのです。

遂に十二月三十日の夕方、疲れきってしまい、もうこれ以上やったら体をこわすと思い、一時間だけ眠ることにしました。おせち料理もまだ終わっていませんでしたし、掃除もまだでした。母に一時間したら起こしてくれるよう、また残っている仕事は必ず私がするから、母は何もしないでいるように言って、ソファの上で眠りました。目が覚めた時はもうすっかり夜になっていました。二時間以上眠ってしまったのです。疲れている私を母がわざと起こさないでいたらしいのです。そして私を少しでも助けようと考えたらしく、自分の部屋の片付けを始めていました。しかしその結果は、部屋中を荷物で山積みにしてしまったことでした。まるで引っ越しの大荷物の中にいるように、部屋の真ん中に座りこんで茫然としている母を見て、私は唖然としてしまいました。

でも瞬間、母の辛さが伝わってくるように感じました。これを受け止めてあげることのほうが、おせち料理よりも、大掃除よりも大切なことに思われました。「もうおせち料理も大掃除もやめてしまいましょう。おかあさまの部屋の片付けは、あとは私がするから、おかあさまはもう休みなさい」と言うと、ほっとしたように「わるいわね」などと言いながらベッドにもぐって寝てしまいました。そうと決めたら、後片付けは苦痛ではありませんでした。それに見た目ほどには大仕事でなかったのです。押し入れの中の物、箪笥《たんす》の中の物が全部外に出ていただけだったので、一つ一つ元の場所に戻して入れていったら片付いてしまいました。あのことも今になると懐かしい思い出です。

母は味覚が鋭く、お料理もたいへん上手な人でした。母の作る天ぷらなどを見ると、同じ天ぷらなのに母のはどうしてこんなにきれいでおいしいのだろうと思ったものでした。その母の味覚にも衰えがみえてきました。ある日、知人への贈り物の買い物があるからデパートに一緒に来てくれと言われ、出かけました。そして、買い物のあと、食事をしようということになりました。天ぷら定食を注文したのでしたが、出てきた天ぷらは見栄えも味もあまり良いとは言えないものでした。母はどう思うかなと思っていると、一口食べたあと、「おいしいわねえ」と言ったのです。昔の母を思うと、これがおいしいと思う母ではなかったと、私は何ともいえぬ思いでした。

あの下り坂を下りて行った頃が、私にはいちばん辛い時だったように思います。下り坂を下り、行きつくべき所にたどりついてみると、そこには途方に暮れて戸惑っている母ではなく、かわいらしい安心しきっている母がいたのです。子供のようになっていくことが御愛にあふれた摂理であることを私が知ったのは時を経たあとでした。

母が寝たきりになった頃、心配して何度となく電話をかけてくださる母の友人達がおりました。奈良女子高等師範（現在の奈良女子大学の前身）時代の友人達です。母の学生の頃は、将来の日本の子女達の教育を担当する者を育てるという意味からだったのでしょう、女高師は四年間全寮制での教育でした。青春時代の四年間、生活を共にした者達の仲の良さは、肉親の姉妹以上のものがあるようでした。そうした母にとっての大切な友人達の何人かが、母が寝たきりになっている間に、追い越すように先にこの世を去られていきました。でも母はそのことを痛まずにいられたのでした。

行きずりの人々

下り坂で、行きずりの人の優しさに出会ったことは度々でした。ある日いつものように母の外出に同伴していました。新宿駅で電車を降りる時、混雑の中で先に行く母との距離が離れてしまいました。焦るのですが、間に人が大勢いて近寄ることができません。そのうちに母は先の方で階段を下り始めました。手摺りもない中央のあたりを下りて行く姿をはらはらしながら見ていると、母の手がしっかりと前に下りて行く人のコートの背中のあたりを掴んでいます。そのコートが皺になるほどしっかり掴んで、おまけに衿《えり》が後ろにくり反るほどに引っぱられているのですから、その人は気が付かないはずはないのです。三十歳代ぐらいの男の方でした。階段を下りきってしばらく行くまで、その方はそのままゆっくりと進み、母にコートの背中を掴ませていてくださいました。有り難くて頭を下げたい思いでした。振り返って見咎めることもせず、背中に蝉でもとまらせているかの如くの平静さで階段を下りて行ってくれたその後ろ姿を、今でも私ははっきりと憶えています。人込みのすこし少なくなったあたりで、母はケロリとして後から追い付く私を待っていました。まるで何もしなかったような、誰の助けも借りなかったような顔をしていました。

またこんなこともありました。電車の駅は階段があるから嫌だと言って、母はその頃、なるべくバスを使っていました。その日もバスを三回も乗り継いで、青山三丁目の我が家から尾山台のお医者様のところまで行くところでした。二度目の乗り継ぎである田園調布駅に着くと、ずいぶん沢山の人が列をつくって並んでいました。始発駅だけれど、この分ではとても座れそうもないなと思いました。そのバスの間隔時間は長く、次のバスを待とうと言っても母は言うことを聞いてはくれないだろうなと考えていると、バスが入って来ました。母はくるりと私の方を向いて、「ねえ、前の方に割り込んでもいいかしら」と聞きます。困ったなとは思ったのですが、黙って頷《うなず》きました。八十歳過ぎた母が後で乗って行ったら、せっかく席に座っていた人を立たせることになるか、気まずい思いにさせるかするだろうから、それなら今失礼をして割り込んだほうがましかもしれないと考えたのですが、何とも気がひける思いでした。私からＯＫが出たので、母は悪怯《わるび》れもせず、誰からも目につくように列の脇をトコトコと前進して行って、前から数人目ぐらいの所に割り込んでいきました。でも、後方から後ろめたい思いでそっと見ている私の目には、列をつくって並んでいる人達の後ろ姿には咎めている様子は全く感じとれませんでした。母が割り込んだあたりにいた方達は歩をゆるめて、母を列に入れてくださいました。

そのバスに私が乗りこんだ時は、もうかなり込んでいました。すでにちょこんと座っていた母は手を振って自分の存在を私に知らせました。恥ずかしいやら、有り難いやら、そんな思いで母の座席の脇に立っていました。しばらく行くうちに、少しずつバスの込みは少なくなっていき、後方に空席ができたので、私は母の側を離れてその席に座りました。外を眺めていた母は、ふと私のいなくなったのに気付き、きょろきょろ見回していましたが、後方席に私を見つけると、にっこり笑って安心したように再び窓外の景色を眺め始めました。

その母の姿に、私は自分が昔々やっていただろう姿を見る思いがしました。親がいれば安心していた子供という位置関係が、今では子がいれば安心している親という位置関係に替わっていることをつくづくと思いました。

「呆け」は愛されるため

このようなゆるい下り坂が五年ほど続いたある日、突然脱水症状をともなって老衰の症状が始まりました。弱った母に、折悪しく当時猛威をふるっていたインフルエンザがどこからか忍び込み、高熱が出て、意識の混濁の何日かが過ぎました。やがてそのインフルエンザからは回復したのですが、再び昔のように戻ることはありませんでした。

昔のように戻ることはなかったと言っても、母の場合は、それはそれはかわいく幼な子のようになっていきました。そのかわいらしさはだんだんと増していって、五年目を過ぎる頃からは、母はもっぱら赤ちゃんでした。私達との話のやりとりはきちんとするのですが、長い一連のストーリーのある話をするようなことはなくなりました。初期の頃は赤ちゃんが大好きで、テレビのコマーシャルに赤ちゃんが出てくると、指をさして「かわいいね、かわいいね」と喜んだのですが、もうそれをしなくなりました。多分自分と赤ちゃんの差がせばまってきたのかもしれません。

倒れて三年目ぐらいの頃だったと思いますが、若いK夫妻が、やっと這《は》い這《は》いするようになったばかりの結子ちゃんを連れて訪ねてくれました。母は「かわいいね、かわいいね」と言い、とても喜びました。それから二年半ぐらい経って、また母を喜ばそうと、結子ちゃんを連れて三人で来てくれたのですが、今度は前のようにはいきませんでした。三歳になって間もない結子ちゃんは元気よく母の傍を走り回っていました。目まぐるしかったのでしょうか、母は結子ちゃんに「バカ」と言いました。保育園に行っていて、先生から教えられている結子ちゃんは、すかさず「あっ、バカって言った。バカって言うことは悪いことなんだもん」と反発しました。

「バカ」

「あっ、また言った」

「バカヤロ」

「もっと悪い言葉なんだもの、それは」

「バカヤロー」

「まだ言ってる」

「かえれ。早くかえれ」

やれやれ。結子ちゃんは前よりも少し生意気になり、母は前よりも幼なくなり、今は互角というところなのでしょう。結子ちゃんと一生懸命にけんかしている母を見て、母は今は三歳ぐらいなのかなと思いました。

よく「子供に帰る」という言葉は聞いていましたが、それがこのように文字どおり子供のようになり、表情がかわいく、言うことすることがかわいくなるものだとは知りませんでした。まさに人生の最後の愛嬌をふりまいているようでした。道で乳母車に乗っているあどけない赤ちゃんの表情を見たりするとき、あら、母にそっくり、と思わず言ってしまいそうになります。かわいらしくなった母を見た人はよく、母が本来穏やかな人だったからだと言うのですが、実はそうではないのです。私達子供三人がまだ幼ない時に未亡人になり、一人で頑張った母でしたから、けっこう憎らしいことをしたり言ったりする人でした。また、ある人は私がやさしくするから母が安心しきってかわいらしいのだろうと言ってくださるのですが、これもまた全く逆です。母が何ともかわいらしくなったから、私の情が否応なしに引き出されてくるといった感じでした。私が駄目な人間だから、その駄目な人間でも看護していけるよう、神様は母をかわいくしてくださったのだろうと、そのように私は思っているのです。

それからまた、こうも思ったこともあります。母はひょっとした医学的なはずみで、憎らしい老人にではなく、かわいらしい老人になってしまったのではないかと。母が倒れて寝たきりになった最初の頃に相談させていただいたO先生に、母は倒れる直前の頃、私の不在の時には食事をするのを忘れていた時が多かったらしいことをお話すると、あるお年寄りが食事をしたことを忘れて大食いするのと全く同じ原因で、母の場合は食事をしていないことを忘れるのだと教えてくださいました。同じ原因で、ある時には表に現れ、ある時には裏に現れるように、母はたまたまかわいらしく現れたのかもしれません。この逆も大いにありえたと思うのです。そう考えなかったら、いじわるく猜疑心《さいぎしん》に満ちた老人になってしまった方や、その家族の方達はやりきれないでしょう。

でも私は、お年寄りは本当はみんなかわいいのではないのかしらと思うのです。先日テレビで老人専門の病院の様子を見ました。様々な問題行動のあるお年寄りが出てきましたが、よく見ると、私にはその方達のほとんどがそれなりにかわいらしいと感じられました。本来は、お年寄りが多くの人々からよく世話をしてもらえるように、老人はかわいらしく変えられていくのではないでしょうか。それは、世話をしてもらわなければ生きることができない赤ちゃんがかわいらしくつくられているように。

私の傍にいる人は良い人

倒れて以来の母のかわいらしさはずっと続きましたが、その様相には少しずつの変化がありました。初めの一、二年は子供と大人が入り交じっているような状態でした。ちぐはぐなことを言うかと思うと、時にはしっかりと大人の判断や観察力をもって周囲の出来事や人の行動を認識していました。当時の母を何も分からなくなった老人だと思いこんで迂闊《うかつ》なことを言ったりする人が時としていたのですが、そのような人が帰ったあと、母は自分の感じたこと考えたことなどを私に話していました。痛んだり傷ついたりしていたのです。元気で忙しく生活していた頃よりもむしろ敏感な感性をもっているのではないかと私は何度も思いました。

三、四年目には、そのような大人の感性はやはり薄れていきました。それと同時に嫌な思い出はだんだん消えていき、赦せなかった人や出来事の場所はポッカリと空白になっていく様子でした。少なくとも心からは刺が抜き取られているようでした。倒れて一年ほどの間は、いまだに赦すことのできない何人かの人がいることが母の苦しみだったのですが、時を経るにしたがって、母はそのことを口にしなくなっていました。

どのような職場にも嫌なことはあるように、母の長い女子大での教職生活もそうでした。ある日、ベッドで穏やかに寝ている母の顔を見ていると、過ぎた日々の母の辛かったいろいろな出来事を思い出し、「おかあさまは私達を育てるために頑張ってくださったのね。学校であんなにY先生やA先生に意地悪されたのに、辞めないで耐えてくださったんですものね」と言ってしまいました。言ってから、古傷をうずかせることになってしまうのではと恐れたのですが、母は静かに「そうだったわね。そんなこともあったわね」と言ったあと、「ずいぶんY先生にはいじめられたわね」と言うその母の目は遠い昔の日を思うように穏やかでした。その表情で、母の心の中の刺はとうに抜かれていることが私にもよく伝わってきました。母が倒れてから三年目ぐらいのことでした。

母の老いの症状には、時の経過とともに変化がありましたが、変わらなかったのは心の安らぎでした。

倒れた日の前日に、母はいつもはしないようなことをしました。就寝の時間になって、私が自分の部屋で床に入って電気を消したすぐ後でした。洗面やら何やらで一足おくれていた母が、すでに暗くなっている私の部屋のふすまを開けて、人恋しげに覗《のぞ》き、「おやすみなさい」と声をかけました。今さっき母に挨拶してきたばかりなのにどうしたのだろうと思いました。妙に人懐かしげで、まるで長の別れの挨拶をしているようでした。

そしてその翌朝から、母は人生の最後の時期に入っていきました。それは脱水症状で始まりました。あの前の晩の「おやすみなさい」の挨拶は、母の中の何かが助けを呼んでいたのではなかったでしょうか。何かを予感していたのでしょうか。

脱水症状の混濁状態がまだ何日も続かぬうちに、今度はインフルエンザが追いかけるように、どこからか母の中に入りこみ、四十度近くの高熱が続きました。意識の混迷の中に何日かが過ぎました。そのままの高熱が続き肺炎になったら、もう危ないかもしれないと告げられていたのですが、ある朝、母の熱は三十七度台に下がっていました。

目を覚まして開けた眼には、意識が戻った様子がありありと感じられました。私が「よかったわね、おかあさま、熱が下がったのよ」と声をかけると、にっこりと笑い、「ああ、そうでございますか」と妙に丁寧な返事がかえってきました。少しおかしいなと思いながら、顔や手を拭いてあげていると、またにこにこと笑いかけながら母は私に、「おかあさまはお子様が何人おありですか」と尋ねました。あっ、とうとうきてしまったと、頭から血が引いていくように感じました。

でも思い直して、聞いてみました、「あら、私はおかあさまの娘のよう子ですよ」。母は吃驚したように私の顔をまじまじと見て、「まあ、よう子ちゃんなの？　どうして、いつの間に、そんなに脹らんでしまったの？」と言いました。ああそうか、私が痩せていた若い頃の昔に意識が戻っていってしまったのか、と気付きました。「忘れてしまったの？　私はアメリカに何年かいた間に、皆が吃驚するほど太ってしまったのよ」と答えると、しばらく考えてから、「ああ、そうだったわね。ああ吃驚した」

吃驚したのは、こっちのほうだったのに。そしてまた眠っていきました。

何時間かして再び目を覚ましたので、もう一度、「熱が下がっていますよ、もう少しで平熱ですよ」と話しかけると、にっこり笑いました。恐る恐る、「私は誰だか分かる」と尋ねると、「オデブちゃん」という答えが返ってきました。

何日かが経ち、体も少し回復したある日、母にその時のことを聞いてみました。

「傍にいたのが誰だか分からなかったの？」

「そうよ、だから誰なのか思い出そうとしてもできなかったから、失礼にならない呼び方は『おかあさま』だと思ったから、『おかあさまはお子様が何人おありですか』って聞いてみたの」

「傍にいる人が誰だか分からなくて、不安ではなかったの？」

「ううん、心配ではなかった。わたしの傍にいる人は必ず良い人にちがいないと思ったから」

目が覚めて、知らない人が傍にいるのに、どうしてその人が良い人にちがいないと安心することができるのだろうと不思議でした。そして、その母の安心は、その時から終わりの日まで続きました。

紅葉《こうよう》のとき

母のテレパシー

母は自分の冬枯れの日の間近いことを感じとっていたのでしょう、倒れる前の二、三年はよく遺言的なことを言っていました。その中に、「わたしに何かが起こったら、あなたの側《そば》から離さないようにして、あなたがわたしの面倒を見てちょうだい」というのがありました。年をとってからは娘の側がいちばん良い、とよく言われているあの気持ちだと思います。そして実際に母が倒れた時に、私はその母の願いを何とか叶《かな》えてあげたいと切に願いました。でも現実には、私は余り人間的、特に体力的に大きな器ではないので、周囲のある者は私が看護することに対しては否定的でした。私が看護することが母の願いなのだとは言う訳にもいかず、そこで私のしたことはただ、がむしゃらに母を手放さないことでした。当然、摩擦が起こりました。母が倒れたというショックと、看護の緊張と疲れ、それにこの摩擦の苦痛とが一緒になって、当時私は毎日胸がつぶれるような思いの中で一日一日を過ごしていました。泣きたい思いが心の中でいっぱいでした。

ある日ふとしたことで、この圧迫から私の緊張が解放されました。心が軽くなって、母の看護の仕事をしながら、私は歌を口ずさんでいました。すると母はほっとしたような声で、「あぁ、気持ちがいい。よう子ちゃんが歌をうたっていると、わたし明るい気持ちになる」と言いました。何も言わないでいたのに、その時までの私の暗さが母には伝わっていたのだと気付き、すまないことをしてしまったと思いました。

母が寝たきりになり、幼な子のようになってしまってからは、仕草や表情だけではなく、母の言葉や声までが変わりました。私は人の言語はその人の成長の過程に従って変化するものと思っていましたが、心の状態に従い、成長の過程を逆戻りして、幼い頃のものに帰ることもあるようです。幼な子になった母の言葉は、まったく幼な子のそれでした。しかし、その話し方が突然大人の話し方に戻った出来事が二度ありました。二度とも私の体の具合が悪くなった時のことでした。

最初の出来事は、母が倒れて一年と少し経った頃だと思います。私にはメニエール症という目まいが時々くる変な病気があって、疲れるとそれが出てくることがあります。母のベッドの側に立っていたある日、急にその症状の目まいがおこり、立っていられず母の床の上に頭を臥せてしまいました。しばらくすると、臥している私の肩に手を置き「よう子ちゃん」と話しかけてきた母の声が、以前のしっかりした母親の声だったので、思わず目を開けて母の方を見ました。

「よう子ちゃん、あなた一人では無理なのよ。すぐ八千代さん（義姉）に電話をして、来てもらいなさい」

「そうしたほうがいいかもしれないわね」

「そうよ。ぜひ来てもらいなさい」

その母の顔も話し方も、それはすっかり以前のなつかしい頼りになる母の顔と声でした。あぶなっかしい娘の体を気遣うことで、こんなに母がしっかりしてしまうのかと、内心私はただ驚きました。

三十分ほど私の目まいは続きました。その間、母は昔の目、昔の声で私を励ましてくれました。こんなに母がしっかりするのなら、しばらくこのまま心配させたままでいようと、だんだん目まいの収まっていく私は考えていました。三十分ぐらい経ち、目まいは治りましたが、私は仮病を装っていました。でも、母をだますことはできませんでした。私はずいぶん上手に仮病を演じていたと思うのですが、どのようにして母はそれが見抜けたのか分からないのですが、とにかく見抜いたらしく、再びかわいらしい今の母に戻っていました。そしてもう私の体のことなど心配もしていませんでした。

それとほぼ同じことが倒れてから七年目ぐらいの時にありました。この頃は母の赤ちゃん度もずいぶん進んでおり、複雑なことはあまり理解できないようになっていました。義姉がその日は来て看護をしていてくれて、私は学校に出ていたのですが、授業を終え、帰宅の途上の電車の中で体の具合が悪くなり、何回も電車を降りて、駅のベンチで休んでは再び乗ってを幾つかの駅で繰り返して、いつもより一時間ぐらい遅れて家に帰り着きました。母にただいまの挨拶をし、電車の中で具合が悪くなり帰って来られなかったことを告げると、母の顔がさっと昔の顔になり、私の顔をじっと見ていました。そして言いました、「どうしたのかしら。疲れていたのね。大丈夫、休めば治るわよ」「疲れただけよ。休みなさい。休めば、きっとよくなるわよ」「そう、大丈夫よ。きっとよくなるわよ」。母の話し方は昔のままでした。

その声を聞いて義姉も見に部屋に入って来ていたのですが、「心配してよう子さんの顔を見ているおばあちゃまの目が、昔のままの目だった」と吃驚していました。そしてその後もまた、数年前の時と同じでした。私は母にそのまま昔の母でいてもらいたかったので、一時間ほど休んで回復した後も、病気のふりを続けたのですが、さっさと母はかわいらしい今の母に戻ってしまいました。そうして、私の体の具合などは気にも留めていないという様子でした。

どうして私の体の中の状態が分かるのか、今でもそれは不思議です。私がどんなに具合の悪そうな顔をし、どんなに具合が悪そうなことを言ってみても、母には本当のことが分かるようでした。

最後のお花見

母が倒れたのは一月、小康を得てある程度回復し、その年の桜の期《とき》には、手を貸せば、まだ家の中をゆっくりゆっくり歩けるほどになりました。その頃のある朝、外は明るくうららかに晴れ、風もなく美しい桜日和でしたが、母は起きるとすぐ真剣な顔で私に言いました。「あのね、よう子ちゃん、お願いがあるの。わたしに服をちゃんと着せて、それから階下に連れて行ってくれて、車椅子に乗せて、桜の花を見せに連れて行ってもらいたいの」

私は内心たじろぎましたが、承知しました。洗面を済ませて、朝食をとる間中、母はすっかりお花見に行くつもりです。私は、どうしようどうしようと考え続けていました。一人でできるかしら。義姉の来てくれる明日まで待とうかしら。でも、そんなことしていたらできなくなってしまうかもしれない。桜の期には風の吹く日がよくあるから、こんな穏やかで暖かな日は今日だけかもしれない。躊躇《ちゅうちょ》してやめたら一生後悔するかもしれない。そうだ、祈りながら一歩一歩やってみよう。できなかったらその時点で引き返してくればいい。何とかできるかもしれない。今日みたいに穏やかな日はめったにないのだから。決めた、行こう。やっと決心がつきました。

食後、頭も顔もきれいにして、洋服を着せて出発しました。アパートの階段を一足一足下りていきました。エレベーターのない古い建物、でも我が家が二階であることが本当に有り難いと思いました。車椅子に無事に乗せることができました。出発です。住宅地の路をあちこちと、庭の桜が見事な家の前では長いこと佇《たたず》み、桜だけでなく垣根のボケの花を楽しんだり、山吹の花を見たり、道端の名もない花を見つけたり、車椅子を押して散歩をしました。母は楽しむというよりは、何か真剣そのものといった感じで木々や花を眺めていました。

いつの間にか、原宿の表参道の近くまで来ていました。私の不安はもう消えていました。「おかあさま、すぐそこだから、表参道に出てお散歩しましょうか」「うん、行く」それで、表参道に出ました。若者達の何と多いこと。ぞろぞろと道いっぱいに歩く若者達、またガラスのウィンドー越しには、パーラーで何かを飲んだりお喋りを楽しんだりする若者達が見えます。すがすがしいお花見をしたあとに、これではぶち壊しになったかしらと心が咎めて、「まぁまぁ、この若い人達はねぇ。こうやって、ブラブラしたり、食べたり喋ったりするのが楽しいのよね」と私は弁解っぽく言いました。すると母は、「そりゃ楽しいわよ。わたしだって面白いんですもの」と答えました。それを聞いて、ほっとすると同時に、不思議な思いがしました。私の知る母は、無駄なことに時間を使ったりお金を使ったりすることのまずない人だったからです。

原宿の若者達は車椅子の母にあまり親切ではありませんでした。でも、母は原宿の街の散歩を楽しんでいました。その後、再び住宅地の静かな路を通って、最後は我が家の団地の桜のお花見をしましたが、チルチルとミチルが家に帰ると青い鳥はそこにいたように、ここの桜がいちばん見事な桜でした。

その時のお花見のことは、母はその後一、二年は憶えていました。よく頑張って階段の上り下りを母がやりぬいたと後日私が言うと、「だって、もう見納めになるだろうと思ったんですもの。真剣だったのよ、わたし」と言った母の言葉に、はっとする思いがしました。

そして結局、それが母の最後のお花見になりました。また、その時乗った車椅子は、考えてみると、買ってから使ったのは十回前後だったと思います。でも、あのお花見のあったことで、少々高かった車椅子の元は充分に取り戻せたと私は思っています。

看護すること

母が倒れた時は一月半ばでした。二月に入って大学の長い春休みが始まりましたが、四月の新学年度が始まるまでに、母の看護態勢を整えておくことが必須のことでした。

福岡の大学で教えている弟は、春休みに母を見舞うために上京した折に、看護する私の体が余り丈夫でないことを気遣って、電動ベッドや、モーターで空気を送る床ずれ防止のバブルパッドなどの看護器具のことを調べてくれました。私には体力で看護することは難しいだろうから、できるだけ器具の助けを借りなくてはならないと、彼は考えたからでした。そして、そのような器具の購入を私が済ますのを見届けてから、福岡に帰っていきました。あとは、四月に授業が始まり私が仕事に出ても、留守の間、母を看護してくれる人を探すことでした。

倒れた日を境として、母は内科的には病気ではないと言われているものの、はっきりと老衰期の体と頭脳の状態になっていました。母を看てくださる人を探すにあたっていちばん私の願ったことは、母の知力がどんなに衰えていても、母の魂を尊んでくれる人に母を看ていただきたい、ということでした。教会の友人が、そうした私の願いを受け入れてくれて、一緒に計画を立ててくれました。

そして、一週間のうちの五日、それぞれ一日ずつを看護してくださる五人の人をお願いすることができました。皆、家庭の主婦の方達ですので、週一回ぐらいが無理のないスケジュールですし、また何か事があった時、たとえば用事や病気などで来られないというような事が起こった時には、そのほうがやり繰りしやすくもありました。看護者の中の一人は私の義姉でした。義姉は前の日の夕方から来て泊まってくれ、次の日の夕方までいてくれるようにしたので、この時を私の看護から解放される日にしました。このように看護者のスケジュールを立てたあと、間もなく四月に入って、私は恐る恐る全く未経験の生活を始めることになりました。

一週間の五日を毎日ちがう人が母の看護に当たったことに、思いがけない良いことがありました。母の毎日の生活が変化のあるものになったのです。

我が家に来る道々、よく山吹や椿の花泥棒をしてきては母を喜ばせてくれるKさん。その花が野草であるときなどは格別です。一輪挿しの中でも、花が終わった翌日突然首が長く伸びて、真綿のボールのような種子を広げるタンポポ。花が終わったと思っていると、その後も、次々と新しい花が開いてくれる紫露草。特にタンポポの種子のボールのできた時は、母はそれはそれは喜びました。

また、小柄なMさんは子供がないためか少女のようなので、母の中の「からかい虫」が蠢《うごめ》くらしく、最初は私が傍らではらはらするようなことばかり、Mさんに言っていました。でも、何を言われてもカラカラと笑っているMさんに、「からかい虫」はいつの間にか消えて、讃美歌を歌ってもらったり、本を読んでもらったり、お遊戯を見せてもらったり、幼友達のような仲良しになっていきました。

静かで良妻賢母型のEさんには、母はとても良い子に振る舞います。Eさんの看てくださる日は、不思議なほどご飯を残さないで食べてくれるので本当に助かりました。

人間大好きのNさんはお話し好きで、母のことを「わたし、おばあちゃまがかわいくて仕方ないんですよ」と、楽しく甘やかしてくださいました。このような看護の方達に看てもらいながら、母は聞き分けが良かったり、悪かったり、滑稽なことを言って笑わせたり、時には真面目にお話をしたり、自由に振る舞っていたようです。

看護の人達は皆それぞれの特徴を持っていますが、一つの共通点は、母の世界に入っていって母と話してくださるのが、皆上手であることです。母は現実の世界にいる時もあるし、またある時はどこやら別の世界にいる時もあります。私達が母と話す時に、まず知らなくてはならないことは、その時母はどういう世界にいるのかということです。「母の世界」に私達が足を置いている限り、母との会話はスムースに進めることができます。このことを看護の人達は皆とても上手にやってくださいました。母をお願いして私が出かける時にすることは、母がその時はどんな世界にいるかを報告することです。

「今、どうやら高い山の上にいる様子です」

「あ、そうですか。それで怖がっていらっしゃいますか？」

「高くてあぶないよ、とは言っていますが、あんな顔しているから、余り怖がっていないみたいです。ご飯を作って食べなくてはならないと焦っているようですが」

「そうですか。分かりました」

これが私達のバトンタッチです。そして出て行こうとする私の耳に聞こえてくる会話はこんなふうに続けられていました。

「おばあちゃま、おはようございます。わたしもご一緒させてくださいね」

「高い山の上なのよ。あぶないのよ」

「大丈夫。わたし山登りとても上手なんですよ」

「ご飯を作らなくてはいけないのよ」

「わたしキャンプでご飯作り上手だったんですよ。まかせてください」

「そうなの？　お願いするわね」

母は幸せでした。

我が家の看護態勢には、もう一つ母にとって良かったことがありました。それは、我が家がマンションで、猫の額ほどに狭いことです。いつも母の側に私どもがいることになるのです。看護の人にお願いする仕事は、主として三つの事に限定しておきました。私が用意して置いていく食事を母に食べさせてくださること、おむつ替えをしていただくこと、そして、母と一緒にいて話し相手をしてくださること、この三つの事でした。いつも母にぴったり密着していて、相手をしていただけることが安心感を与えているようでした。

しかし、この第三の「母に常に密着している」という点に関しては、私と義姉は時々母を裏切りました。どうしても他の仕事、炊事や洗濯の仕事をしたり、時にはスーパーまで走って行ったりすることがあるからです。ある日、私がお医者さまのところに薬を取りに行かなくてはならなくなり、「すぐ帰るから」と言って、大急ぎで行って帰って来たのですが、母は言われた言葉はすぐ忘れてしまうのです。家に走って帰り、ドアを開けると、母が、私の名前を呼び続けている声が聞こえていました。「どうして何回呼んでも返事をしてくれなかったの」という母に、釈明は通用しません。ただ、「かわいそうなことしてしまって、ごめんなさいね」と言って抱きかかえてあげると、不安が鎮《しず》まっていきます。

また、私は自分の仕事をする時、なるべく母のベッドの脇でするのですが、つい、心が仕事に向かっているので、母への対応の仕方がいい加減になりやすいのです。そのことが気に入らないらしく、「あなたは少しも心の入っていない生返事ばかりをするのね」などと怒られてしまったこともあります。なだめの解決策は常に、釈明ではなく「ごめんなさい」と言うことです。

母の健康の管理は、ホームドクターの定期的な往診をお願いすることに合わせて、五年ほど経た頃から「在宅看護研究システム」という、たいへん有能な看護婦の資格のある人達によるグループからの訪問を時々お願いするようにしました。このグループはホームドクターと連絡しながら看護の管理と指導をしてくれるのです。母の体調が順調な時には月に一回か二回、不安定な時にはもう少し回数を多くしたりして指導していただいたのですが、何かがあった時に備えて、ホームドクターとこの方達がいてくださるという安心感はたいへん大きなものがありました。

ＮＨＫテレビで、聖マリアンナ医大の長谷川先生が、老人看護において大切な七点を挙げておられました。

(1) なじみの環境で看護すること
(2) 老人のペースに合わせる
(3) 一度に多くの指示を与えない
(4) 困った行動は先ず受け容れる
(5) 感情の交流を大切に
(6) 介護者の健康に注意する
(7) 単独でよりも、複数で介護する

ある時、突如五里霧中で始め、ようやくにして定着した母の看護は、かなり良い線を行っていたのかもしれません。

よく人から、経済的にたいへんではないかと聞かれました。でも、どうやらやっていけました。良い看護を得るためには、確かに経済的に負担はかかります。しかし我が家のような中流の下の家庭でもできました。母が寝たきりになった時に、私はいくつかの心決めをしましたが、その中の一つは「母が働いて得たお金は、原則として母が全部使ってこの世を去っていくこと」ということでした。母は仕事を持っていましたので、年金がいただけました。大体の目安としては、母に入ってくる年金の一二〇パーセントぐらいを母の看護費その他の諸費に当てました。

寝たきりになってから二、三年後に一ヵ月半ほど母が入院した時がありましたが、そのような緊急時には、後々の事には目をつぶって、惜しまないでお金を使ってしまうようにしました。きっと私達は守られることを信じて。

おむつのことⅠ

おむつ論争

ある日新聞に、老人へのおむつ使用の是非についての論争が載っていました。一人は寝たきりの親を看護した経験のある主婦で、おむつを使用することは必ずしも老人の心理に悪い影響があるとは思えない、要はどのような心で看護者がそのおむつを当てたり替えたりしてあげるかによる、との意見でした。もう一人は男性の、確か医師の立場からの意見でした。殆どの人が「年老いて他人におむつの世話をしてもらうことだけは嫌だ」と言うではないかと述べたあと、極力おむつの使用は避けて自力で用足しをさせることが、老人の心身の健康を保つ助けとなることを主張していました。後者の意見を読んだ時、私は「これは人が老いていくのを身近で見ていない方の意見ではないかしら。『おむつの世話をしてもらうのは嫌だ』と言うのは、人が元気な時の考えなのだ」と思いました。

私は当初よく、区役所での老人看護の講習会に出られる限り出ていました。実はそこでも常に、おむつの使用は極力しないで済ますようにと指導されています。夜間の使用はやむをえないかもしれないが、昼間だけでもおむつは外しているほうが老化を遅らせることができるのだと教えられます。

母が時々おむつを使い始めたのは、かなり早くからでした。外出先でお手洗いに行きたいと思う時、トイレに着くまで我慢するのがたいへんで、時としては少しおもらしをしてしまうこともあったようです。そのような時は、家に帰ったあと老人性自己嫌悪症になり、見ていてかわいそうなくらいでした。夜中のトイレ行きにも同じ苦痛があったようです。人知れず下手な工夫をしているらしいのに気付いたので、私は近くの親切な薬屋のおばさんのところに行って相談してみました。「在宅の時、あるいはちょっとした外出の時には、ナイティなどと呼ばれている大きめの生理用品を使うように(現在でしたら大きめの尿とりパッドになるでしょう)。また着物などを正装して、ガードをしっかりとしなくてはならない時は、おむつを使ったほうが安心でしょう」と言って、それに必要ないろいろな物を見せてくれました。それから「夜トイレに度々行くのが苦痛ならば、女用の尿瓶もある」と教えられ、みんなひととおり買うことにしました。でも、もし買って帰って母の自尊心を傷つけたらと心配で、その時は返品できる許しももらっておきました。

さて帰ってから、恐る恐る今買ってきた物を見せて説明しました。その時の母の表情は、私のまったく予想しなかったものでした。まるですてきな洋服でも見るかのように私の買ってきた物を見ていました。そして私の説明が終ると、「こんないい物があるのに、どうして誰も教えてくれなかったんだろう」と言ってくれました。私はほっと安心しました。

母はその時までこの問題が苦痛で、どうしていいか分からず、一人で悩んでいたのだと話してくれました。使い始めてしばらくは、上手にきっちりと着けるのがうまくいかず、私の手助けが必要であったり、また明治の人間である母にはナイティパッドを使い捨てにするのが忍びなく、洗って干したりするので、困った私が空しい説得にエネルギーを費やしたりの問題はありましたが、でも、まずまず暫くの間は、無事に過ごせました。

しかし、母が倒れてからは状況はまた変わりました。トイレに自分で行ける時あり、便器を使う時あり、おむつにする時あり、その時その時で様々でした。私も突然の母の状態の変化に対応できる経験も知恵もなく、失敗の連続でした。ある日、慣れない私の不手際もあって、その日三回もベッドの上でおもらしをしてしまいました。私が慌ててシーツや寝巻の始末をしていた時、焦っているように何かを母が小声で喋っています。聞いてみると、「わたし福岡に(弟の家族のいる)行こうかしら。そしたら、わたしにも何かできると思うの。あの子達(弟の四人の小さい子供達)にお弁当ぐらいなら作ってあげられると思うんだけど」と言っているのです。何か胸が痛くなるような思いがしました。

父が早くに亡くなり、一人で子供達を育て、絶えず人に何かをしてあげる立場にいて、それは母の弱さでもあったのですが、人に何かをしてあげる立場にいる時のほうが居心地よかった母にとって、今こうして下《しも》のことで娘に面倒をかけていることが辛かったのだと思います。面倒をかける場でなく、面倒をみる場に行こうと焦っている母を見て、いじらしいような、いとおしいような思いでいっぱいになりました。

「おかあさま、おもらししてしまったのは、私が下手くそだからなのよ。おかあさまが悪いのではないの。こういう事すること、私には何でもないのよ。今迄おかあさまは私達にいろんなことをしてくださったの。私が病気だった時は、私の下《しも》の始末をしてくださったこともあるのよ。だから今私がおかあさまにこうしてあげるのは当たり前なの。おかあさまは威張ってやらせてくだされぱいいの。そのうちに私は上手になって、失敗しないようになるから、それまで少し待っていてちょうだいね」

「そうお？」

「そうよ。威張ってやらせていてちょうだいね」

母は安心したように静かになりました。

後では勿論、母は下《しも》の世話をされることを遠慮することなどはありませんでしたが、それでも私はよく、おむつ替えの時には、「沢山あってよかったわね」とか、「もっと沢山あったほうがいいのよ」とか言って励ましました。そして、おむつ替えが終わった時はポンポンと、おむつの上を軽くたたいて、「あぁ、気持ちがいいわね」と言ってあげました。母のプライドをいつも心にとめるよう努めました。

おむつのことⅡ

我が家のおむつの当て方応用編

おむつは木綿のネルがいちばん良く、紙おむつは余り良くない。またおむつはなるべく使わないで自力でトイレに行かせることが老化を抑える。少なくも昼間だけでもおむつを外しておいて、時間をみてトイレに行かせるようにし、夜だけ着用させるとよい。

このように大抵どこでも指導されます。そして、これはきっと正しいことなのでしょう。でも、その正しいことが困難になる時もあると思います。

老人看護の講習会に出席した時、ある一人の人が質問をしていました。しかし、その質問には解答が与えられることもなく、ただ悩みを訴えただけに終わってしまいました。その質問をした人は、それまで指導されたとおりに忠実に、昼間はおむつを当てずに時間をみてトイレに連れて行き、夜の最終の十二時のトイレ行きを済ませてから、おむつを着けさせ休ませているということでした。しかし、お年寄りを寝かせたあとひととおりの事をしていると、自分の就寝時間は一時近くになり、朝は主婦として早く起きなくてはならず、最近は自分がどうしようもなく疲れて、この疲労をどう解決していいのか分からないと語られました。模範的な看護の仕方なので、ただ褒《ほ》められて励まされただけで終わってしまいました。私は「もう少しルーズになさらないと、大切なあなたの体がもちませんよ」と言いたかったのですが、褒めている指導者の保健婦さんの正論を崩すことにもなりそうだし、それに私はただの一受講者にすぎないので何も言えないでいました。

正論は正論としてどっしりと置かれていなくてはならないのですが、それに応用を加えていく融通性を持たないと、長い老人看護の生活はやっていけません。そこで私のおむつの当て方応用編を紹介したいと思います。

仕事をしながら看護をする私にとっても、昼間に看護に来てくださる方にとっても、ネルの大きなおむつの洗濯はたいへんなので、それはやめました。そして多くの人々の知恵やアドバイス、それに私自身の一年以上の試行錯誤の結果到達したやり方は、パルプ綿の紙おむつと、赤ちゃん用の濡れると凝固して肌を濡らさない使い捨ておむつと、ソフトおむつという布を使うやり方です。ソフトおむつというのは、ゴーズのような布地が三枚合わせてつくられてある物で、湿りが肌のほうに戻らないためのものです。

母が少しでも歩けたり体を動かしたりできる間は、おむつをきちんと着けさせていましたが、歩けなくなりまた寝返りもしなくなってからは、おむつがずれる心配がないので、股が蒸れて痒くならないように、おむつは股に挟んで、下の方は閉じずに拡げておくことにしました。拡げるといっても、勿論決してほかには濡れが行かないようにします。以下がその説明です。

厚手のナイロンニット製で、防水性がありながら通気性もあるＬサイズのおむつカバーにパルプ綿の紙おむつにソフトおむつを重ねて当て、ウエストはきっちりと留めておき、その紙おむつの上の丁度濡れる所のあたりに赤ちゃん用のおむつのゴム状になっている部分に鋏《はさみ》を入れて伸ばしたものを、これもまたソフトおむつを重ねて置きます。これが、お尻の下に敷かれるおむつです。そしてもう一つ赤ちゃん用のおむつを股の間に当てておき、これを小まめに取り替えるのです。濡れると凝固する式の大人用おむつもありますが、少々高いので赤ちゃん用のを使います。それに濡れる部分は限られていますから、赤ちゃん用の物でも充分で、そのほうが経済的です。言うまでもなく、これにもソフトおむつを使います。そのあとで、この上に体の前の側に覆《おお》うように紙おむつを置いておきます。こうすると着物は湿りません。いわば、紙おむつでサンドイッチのように体をはさみ、濡れる所に赤ちゃん用のおむつを当てるのです。この方法はたいへん具合が良いようです。体に濡れが戻らないためか、十二年間を通し、床ずれはなしでした。

濡れるところに当てた赤ちゃん用のおむつは三時間おきぐらいに替えれば大丈夫です。また下に広げた紙おむつは、夜に下《しも》の清拭をする時に替えるだけで一日一回で充分です。清拭のあとには必ず、おむつかぶれ防止のクリームを全体につけておきます。おむつの当たるところを清潔にしておくことは、老人の大敵の一つである腎盂炎《じんうえん》を防ぐためには大切なことで、怠ってはならない仕事として食事と同じくらいに気を使いました。

これもまた、腎盂炎の予防のためなのですが、お通じは、それとなく前触れもあるし、また時間的に予測できるので、おむつの中にはさせないように気をつけました。でも、便器は母が心地悪《ここちわる》がるので、使うことはせず、横向きに寝返りをさせ、前方後方に紙おむつを置いて、しっかりガードした上で、そのままの横向きの姿勢でしてもらいました。時には一時間以上かかることもありましたが、この姿勢だと殆ど辛がりませんでした。そして長々といろいろなお喋りをしながら、のんびりと用を済ませたのです。

前にも述べたことですが、おむつ替えの時にいつも心したことは、それが終わった時には、清潔になって気持ち良くなったことを一緒に喜ぶ言葉、たとえば「良かったわね」とか「あぁ、気持ち良くなった」とかの言葉をかけたことです。赤ちゃんのようになってはいても、長い年月の歴史をもつプライドは、おむつを替えてもらっていることで敏感になっているかもしれないからです。

ある日、こんなことがありました。ウーン、ウーン、というお通じの気配がある力みを母がやっていました。

「ウンがあるの?」

「ううん、ないの」

またしばらくすると、ウーン、ウーン、と力んでいます。

「ウンを出しましょうよ」

「ううん、いや。ないの」

「ウンが本当は出たいのでしょう。出しましょうよ」

「いや。ないの」

「本当かしら。出たい気持ちだったら言ってちょうだいよ。嘘言ってはいやよ」

すると、母はちょっと黙ったあと、こう言いました。

「そういう時には『遠慮してはいやよ』って言うものなのよ。『嘘言ってはいやよ』とは言うものではないの」

本当にそうだったと、私も反省したことでした。

おむつのことⅢ

「十年以上床ずれゼロ」は怪我の功名

前項にも「おむつ論争」「我が家のおむつの当て方応用編」で、おむつのことは書いてきましたが、これだけでは充分ではないと友人の一人からクレームが出ました。その友人には、よく母の話をしていましたし、私がどのようにおむつを当てているか彼女に具体的に説明したことがありました。もう少し詳しく書くべきだ、それに床ずれには多くの人達が悩んでいるはずだから、と彼女は言うのです。彼女だけでなく沢山の人達から、母の「十年以上床ずれゼロ」は驚嘆に値すると言われ、よく質問をされることがありました。それで、もう少し書き加えることにします。

「十年以上床ずれゼロ」にはいろいろ原因はあるとは思うのですが、実はよく分からないのです。第一にはバブルパッド（モーターで空気を二つの回路に交互に送り込む英国製のエアマット）を使っていることがあると思います。ところが、あるプロの看護婦さんによると、バブルパッドを使っても床ずれができる人が多いというのです。栄養のバランスがよくとれているからだろうと言われたこともあります。多分それもあると思います。また栄養がいいから、よく太っていて、そのふくらみがクッションの役をして、床ずれができないのだろうとも言われました。そのほか、考えられることは、食事のほかにビタミンB・C・Eとレシチンなど充分の栄養剤と、また漢方薬なども摂らせていることも良いのかもしれません。体を清潔にしてあるからだろうとも言われたことがありますが、ほかの人達に比べて私が特別に清拭に熱心とは思われません。ただ一つ言えることは、お通じが規則的に時間どおりに出るので、ほとんどおむつの中ですることはないので、そのぶん清潔だとは言えるかもしれません。

しかし、事によったら、このことが「床ずれゼロ」の秘密かなと思えることがあります。それは実は私の「有効な手抜き対策」から生まれた手段だったのですが……。母は体位交換、つまり寝返りをさせられることが大嫌いでした。私は「体位交換」とも「寝返り」とも言わず、「コロリン」というかわいい名前をつけて呼んでいたのですが、母は「コロリン、嫌《いや》」「コロリン、嫌」と抵抗するし、時には「転ばされる」などと言って嫌がりました。太っているし、抵抗されると相当な力ですし、私ならものともせずに「コロリン」を敢行することは出来ますが、母の抵抗は看護の人達にはかなり負担です。それで私が考え出したのが「子供用おむつの段々畑」方式でした。

「我が家のおむつの当て方応用編」でも紹介しましたが、母のおむつの当て方は、大人用のパルプ綿の紙おむつと、赤ちゃん用の濡れると凝固して肌を濡らさない使い捨ておむつと、ソフトおむつという布地を使うやり方です。厚手のナイロンニットの防水性通気性のあるおむつカバーに、パルプ綿の紙おむつにソフトおむつを重ねたものをウエストのすぐ下からお尻の下に当て、おむつカバーのウエストはきっちりと止めておき、股下は止めないで拡げたままにしておきます。それは母の股下のあたりが蒸れないためです。そして湿りは外にいかないように、体の前の側には覆うように別の紙おむつを当てて置きます。下に広げた紙おむつの上の丁度濡れる所あたりに赤ちゃん用の使い捨ておむつを当てておき、更にもう一つ股の間にも赤ちゃん用のおむつを当てて置き、それをこまめに濡れたら取り替える、と説明しておきました。その赤ちゃん用のおむつの当て方のところが説明不足だと、友人に言われたのです。それで、もう一度書き加えます。それが「赤ちゃん用おむつの段々畑」方式というところなのです。

おむつカバーに合わせて広げてあるパルプ綿のおむつの上に当てている赤ちゃん用のおむつは、実は一枚ではないのです。段々畑のようにずらせて重ねて五枚あるのです。これは私の「有効な手抜き対策」でした。先ず詳しく説明しますと、使っている赤ちゃん用おむつは、Mサイズのものを使います。赤ちゃん用のおむつは、うんち漏れ防止用とおしっこ漏れ防止用に二枚の薄い壁ひだが付いています。まず、それを取り去ってしまいます。するとギャザーがなくなって平らになります。そして更にウエストのギャザーの部分も外側に折って留めたものが、母用の段々畑様《よう》のおむつになります。その一つ一つにソフトおむつという布地を重ねて使うのですが、下に広げた大人用のおむつの上にそれを置くときに、一枚目はお尻の尾骶骨が丁度終わるあたりから置き、次は一枚目から一センチずらせて置き、次々と同じように一センチずらせて段々畑のように重ねます。その上に静かに、寝返りから戻らせてお尻をのせると、尾骶骨の所は段々畑のいちばん低い麓の所に置かれて、そこより下のお尻は段々畑の高い所に乗りますから、床ずれになりやすい尾骶骨の所は圧迫されることが少なくて済みます。

その段々畑のいちばん上の赤ちゃん用おむつ一枚を股の間に当てます。そして濡れたら、それを引いて抜き取り、その次の下のをまた股に当てます。一つ一つのおむつは濡れが次に行かないように、いわゆる独自の防波堤付きですから、濡れたものが抜き取られたあとは、からりと乾いた赤ちゃん用おむつが待っていてくれるというわけです。それにその濡れた赤ちゃん用おむつが抜き取られるときも、骨も何もない所に当てたものを引くので擦《す》れて痛むことなどありません。何よりも母の嫌がる「コロリン」をしないで済みますので、看護する者にとってもたいへん楽になりました。こういうわけで、事によると「十年以上床ずれゼロ」の記録は、実は私の「有効な手抜き対策」から出た怪我の功名かもしれないのです。

食事のこと

食事のことは看護する者にとって大きな問題です。母の看護が始まった頃、私は看護の経験のある人などに会うと、何でも聞きまくりました。そうした時に何人かの人達が「食が摂れる限りは命が保たれる」ということを言いました。そこで当然私は、母が食を摂ることに向かって邁進《まいしん》していきました。

先ず、母は総入歯だったため、それが歯茎にあたって痛むと悩まされ続けていました。どうやら入歯よりも、母の歯茎に原因があったようでした。それで、私の先ずしたことは、母が楽になるように入歯を取ってしまい、食事を歯のない母に合わせることでした。母の好きなもので栄養のあるもの、しかも軟らかいものは沢山ありました。歯を外しても母は快適にいろいろなものを食べてくれました。上質なヒレ肉のビフテキはやわらかく焼けば、難なく喜んで食べました。消化も問題はないようでした。

それこそ、あとどれほどの命か分からなかったので、毎日ご馳走攻めにしてしまいました。母は初めのうちは「毎日こんなおいしいご馳走で」と喜んでいたのですが、一ヵ月ぐらい経たある日、「毎日毎日ご馳走で飽きちゃったわ。何か名前のないような物が食べたいの」と言われてしまいました。「名前のないような物って、たとえばどんなもの」と聞くと、「鰤《ぶり》を大根と一緒に煮て、柚子《ゆず》とお醤油でいただくもの」と答えました。つまり素朴な家庭料理が欲しかったのです。これは私のような者にとっては、ご馳走より難しいものなのです。でも人に聞いたり教えてもらったりで、レパートリーを増やしていきました。母が昔ながらの南瓜《カボチャ》のお煮付けが大好きなことを発見したのは、遅れ馳せながら、この頃になってからでした。

昼間の母の食事は、出勤前に用意して置いていくので、毎日決まったものだと私の思考負担が軽くて済みますので、毎日ほぼ同じものでした。メニューをご披露すると、胚芽米の柔らかめのご飯、ホウレンソウとワカメと豆腐を入れた味噌汁にヨード卵を落としたもの、老舗で出している「鮭茶漬」(母が東北出身で鮭が好きなことと、老舗の鮭は吟味された良質のものなので美味しいから)、南瓜のお煮付け、アボカドに醤油をかけたもの、などでした。そして毎食後、お医者さまからいただく消化剤のほかに、アメリカのS社で出している自然食品的な栄養剤と言われているビタミンB剤とC剤とレシチンの錠剤を砕いて粉にした中にビタミンE剤の液とフラクトオリゴ糖のシロップを入れて混ぜたものを与えます。錠剤を砕くのは、そうしないと母は飲み込めないからで、フラクトオリゴ糖シロップの甘さでおいしそうに食べてくれます。これが早《はや》お昼《ひる》の食事です。

朝食は母がお寝坊さんなので、早朝のおむつ替えの時に少し温めた牛乳一カップにフリーズドライの野菜の粉末を混ぜて飲ませておきます。この野菜の粉の味は癖もあまりなく、全く抵抗なく飲んでくれます。そして先に紹介した食事を昼少し前に食べますので、夕食の時にお腹がすいてよく食べてくれるようにするため、この後は三時頃に果物のおやつをあげます。小さめの林檎《リンゴ》一つをおろした中にオレンジ半個の汁を絞って入れ、蜂蜜で甘くしたものなどです。また季節の果物や、キウイなどのミルクセーキもおいしそうに飲んでくれます。このように、朝から昼のおやつまでは大体決まったものなので、バラエティーを与える役は夕食で、毎日いろいろと変えてみました。しかしこの夕食の献立も、時を経るに従ってだんだん変わり、また範囲も小さくなっていきました。初めの頃は、天ぷらでもビフテキでも喜んで食べていたのですが、後になるに従ってだんだん故郷《ふるさと》志向になっていき、白身の魚の煮付けなどが多くなっていきました。

順調な時は良く食べてくれたのですが、何回となく食事を受けつけてくれない状態になった時がありました。食事を与えようとすると、口を真一文字に結んでしまって、首を横に振ってイヤイヤをするのです。あるいは口の中に入れることができても、飲み込んでくれず、頬の中にいっぱいため込み、あとで出してしまいます。私は焦ってヒステリーになるし、母はますます意固地になるし(と、私が思うのかもしれませんが)、この母と私の食事戦争は、私にとってまさに神経戦でした。そうした時に母の昔の教え子の一人だった方が、流動食をすすめてくれました。その時まで私は、流動食とは普通食を薄めてのばしたものだと考えていたので、どうしてもふんぎりがつかなかったのですが、その方は、身内の人が大きな手術の後、流動食で体力を回復していかれたこととか、調味料として使える英国製の牛肉エキスや野菜エキスがあることなどを教えてくれました。早速、もう変えざるを得ない時でしたので、流動食に変えてみました。

意外にも、流動食は良いものであることが分かりました。先ず第一に、母が食べるのを嫌がっても、なだめすかして口の中に入れてしまえば、あとは自然と中に入っていってしまいます。マジックカップという寝たきりの者のためのコップに、ビニールのストローをつけたものを使うのですが、前のように、口の中にため込むということはありません。また第二の利点は、食事の内容が栄養の凝縮物のようなものにすることができることが分かりました。ご飯は玄米の濃いおもゆを作り冷凍にしておき、それをスッポンのスープでのばし、梅干しで味つけすると、たいへんおいしいものになります。シチューのようなものも牛肉エキスや野菜エキスで味付けすると、色は良くないが、味と栄養は良いものになります。具を沢山入れた茶碗蒸しやシチューはみんなミキサーで流動食状にします。また、栄養の種類を多くするために、茶碗蒸しで動物質の蛋白を鶏肉のささみ、緑の野菜をホウレンソウにしたら、シチューでは蛋白質は鯛と海老に、緑の野菜はブロッコリーというように変化をつけてみました。

このようにして作った食事はなるべくスプーンで食べさせますが、口をあけてくれない時には、ミルクを少し入れてのばすとストローで飲ませることができます。裏ごしにした茶碗蒸しにミルクを入れるとけっこうおいしいものになることも発見しました。ジャガイモのスープ、南瓜のスープ、木熟の赤いトマトのジュースに蜂蜜と塩少々を入れたものなどもけっこうおいしく、また栄養もあります。果物をミキサーにかけてミルクセーキにしたものなどがおいしいことは言うまでもありません。こうして私は流動食に対する偏見を放棄し、敬意を抱くようになりました。

今度は、ご馳走攻めならぬ栄養の液体攻めでした。間もなく母は丸々と太り、お医者さまから、栄養と水分は減らさないでカロリーを減らすようにとの注意をいただいてしまいました。それで、バターと生クリーム、それに砂糖を極力減らすように心がけました。

とにかく食事のことは心と神経と時間を使います。要領が悪いせいか、私は家にいる日は朝から夜寝るまで、母の食事にかかってしまいました。でも、これはどうしても手を抜いてはいけないことです。それで、手を抜きたくなると、ついつい自分の食事の手抜きということになってしまいます。そこで目を光らせてくれた人が、私の場合は義姉でした。彼女は家でお惣菜をつくったものを差し入れてくれたり、週一回泊まってくれる日に、母のものだけでなく私のためにも何かをつくってくれました。このことでは、義姉にいくら感謝してもしきれない思いです。

お医者さまのこと　I

　母が突然脱水症状になって倒れたのは、八十五歳の誕生日を過ぎて間もない頃でした。人が老いるということ、死を迎えるということ、これほど人間にとって不可避で確実なことはないのに、人はこれに直面すると茫然自失してしまいます。私も全くそうでした。後から考えてみると、いくつかの兆しが時として見られていたのに、「母にかぎって大丈夫」という理不尽な思い込みがあって、ようやく私が事態を認識したのは母が倒れてしまってからのことでした。

　脱水症状自体の直接の原因は、私の留守中に母が食事をきちんと摂ることをしていなかったことでした。仕事に出る前に私が用意して置いていく朝食と昼食が家に帰ってみるとそのままあるので、聞いてみると「別のものを作って食べた」と言うのです。初めのうちはそれを信じてしまっていました。少しおかしいと気付いたのは随分たってからでした。それで、私が学校に出る前に母を起こして、ベッドの上でそのまま朝食を食べさせ、それを見届けてから出かけるようにしたのでしたが、すでに遅すぎました。

　ある朝、起こしてみると、足腰が立たないだけでなく、座らせても体が倒れていってしまうのです。そして昏睡状態に入っていきました。その前夜、母は眠りにつく前に私の部屋のふすまを開けて、もう床に就いている私に向かって「おやすみなさい」となにかしら名残り惜しそうに声をかけてから、自分の部屋に入っていきました。いつもとは違う様子でした。あれがSOSの信号だったのかもしれません。

母はその二、三ヵ月前に、それまで通っていた病院が遠いので、近くのたいへん親切だと評判のN先生の医院に変えたばかりでした。かわって間もないお医者さまに往診をお願いするのを遠慮してまごまごしているあいだに、身内の者が知り合いの医者をよこしてしまいました。いろいろと診察をしてから告げられたことは、「血圧は低めではあるが異常というほどではなく、心臓も胃腸も正常ではあるが、母は生涯の最後の時にきていること、今後は階段を下るように下降線を辿《たど》っていくだろうこと、また、現在の脱水状態は治療あるいは入院することによって治すことはできるが、それは階段を一、二段あと戻りさせて高くさせるだけのことで、最低地点に至る時を少しは遅くさせることはできるが、向かう方向は変えることはできない」ということでした。

私は茫然として、しばらくは何も考えることができませんでした。ただ、ふと思ったことは福岡にいる弟のことでした。新築したばかりの彼の家を母が見に行きたがっていたことでした。それで「一、二段だけでも階段をあと戻りさせて高い所に上げることができるなら、その間に福岡の弟の家に連れて行くことができるか」と尋ねてみました。「駄目です」という答えでした。

「そんなことをしてはいけないと言うよりはむしろ、そのようなことはできなくなっているはずだ」と言われました。つまり取り返しのつかないところに来てしまったのだなと感じました。

次に思ったことは、その半年ほど前に私が一月《ひとつき》ほどアメリカへ旅行した時、それ以前はいつも気持ちよく送り出してくれ留守も無事にしてくれていた母が、その時は私の出発したあと非常に寂しがり、平常の生活ができなくなってしまったことでした。それで「半年前の私の一ヵ月の留守も原因になっているのか」と尋ねてみました。「そういうこともあるかもしれません」との答えでした。もう、悲しくもなく、涙も出てきませんでした。

それから後は、「医学が真実の全てではない」と強《し》いて信じようとしたり、数週間前に母の注文してあった眼鏡を取りに行き、その道々「この眼鏡をかけさせて、またどこかに連れていくことが必ずできる」などと考えたりしたのですが、心の底にひそむキリキリと痛む悲しみはどうしようもありませんでした。一生懸命に元気になってもらいたいと思って、母の口に運ぶ食事も、そのスプーンと私の手を見ると、こんなに懸命になっても、この食べ物は生きられることには繋《つな》がってはいかないのかと思うと、自分自身の手が哀れで涙がこぼれて、それを隠すのに必死でした。

遂に一人では耐えられなくなり、二、三ヵ月前まで母が診ていただいていて尊敬していた杉並区にあるK病院の院長のO先生に相談にうかがいました。母の診察券を出して私が入って行くと、O先生は吃驚なさった顔をされて、「どうしましたか」と聞いてくださいました。先ず、その吃驚なさった顔にどういう訳かほっとする思いがしました。母の状態、知り合いの医師から言われたことを全部報告し、「なぜ血圧も心臓も胃腸も正常だというのに、もう駄目だと言われなくてはならないのか」とお聞きしました。話を全部聞いてくださったあと、O先生は、「お話から判断して、その若いお医者さんの診断は正しいとは思いますよ。でも、先ず分かっていただきたいことは、お母さんの状態は病気ではないということです。あなたがアメリカへ旅行に行ったことが原因でなったとか、何かの不注意が原因でなったとかいうような、いわゆる病気ではないのです。つまり、人が年をとってなるべくしてなった状態なのです」、そう言われて先生は古い母のカルテをめくり、言葉を続けられました。「何年か前なのですがね、お母さんは、ただただ眠くて仕方ないと訴えていらっしゃったんですよ。と言うのは、その頃から今のことが始まっていたんです。今あなたは血圧も心臓も胃腸も正常なのになぜ駄目なのかと言われたけれど、ある意味ではこれが理想の状態なのではないですか。つまり、全く健康なまま人生の最後の時期に来たということなのです。だから、最後までそのままの健康な状態で送り出してあげてください」。私の心の中でキリキリと痛んでいた悲しみが消えていくのが感じられました。

また母にこの事態が起こった時、母の今後を看ることについて私どもの身内では残念ながら意見が合わないでおりました。母は自分が生涯の終わりの時期に近づいているのを予感していたのか、近年しきりと、母の上に何か起こったら、母を私の許で看てくれるように言っていました。しかし何と言っても、外部から見たら私は頼りない人間で、仕事を持ちながら母を看るなどできそうもないと思えるのは無理もないことかもしれません。母が願っていたようにやろうとする私と、私では駄目だとする者との間で、悲しいことでしたが摩擦がありました。自分には自信などは持てないし、摩擦は嫌だったし、私が母を手放せば波風は収まるのかしらとは思ったりもしましたが、母が自分の願っていたようにならなかった時、心にどのような影響があるかと考えると不安でした。

それで、そのこともO先生にお聞きしてみました。「お母さんの最後の時期なのですから、お母さんのしたいようにさせてあげてください。そうしてあげてくれと医者が言っていたとお伝えください」と言われました。この言葉で我が家の問題は決着がついたのでした。また食事を日中食べないでいたらしいということも、あるお年寄りは食事をしたことを忘れていくらでも食べるのと全く同じ原因で、母の場合は食事をしなかったことを忘れて食べなかったので、それは原因ではなく症状であったのだと教えてくださいました。

そしてまた先生は、「健康なままで送り出す」ためのいくつかの注意をしてくださいました。その時の注意は、まさに「医は仁術」を思わせる言葉なので、ほかの人にも知っていただきたいと思うので、ここに記したいと思います。

一、近くに往診してくださるホームドクターを持つこと。

一、いちばんかかりやすい病気は、風邪から肺炎になること、膀胱炎《ぼうこうえん》から腎盂炎《じんうえん》になることだから特に気をつけること。

一、人との接触を多く持たせること。健康人が運動すると、疲れるけれど身体のためになるように、母が少しぐらい疲れることはあっても心配せずに、人との触れ合いを持たせるようにすること。

一、一人だけ家に残して留守にすることは、できるならないようにすること。それは母のためだけでなく、万一留守中に亡くなるようなことになると、残された者が辛い思いをするから。

一、自宅で看護出来るのなら、それがいちばん良いこと。それは、今後母にとって必要なものは治療ではなく看護であるから。

一、最期の時がきたら、あまり不自然な医療で単に延命させるだけの処置はとらないようホームドクターに前もって頼んでおくこと。

と、このようなことでした。

O先生にお会いした帰り道、私の心の中の傷が癒《い》えているだけではありませんでした。母に残された命はどのくらい、何ヵ月か、あるいは何年になるかは分からないけれど、母の終わりの時が確実に近づいているという事実を自然なこととして受け止められていました。同時に今迄の母の八十数年の生涯をふりかえる心の余裕のようなものが生まれ、神様がどんなにか母を愛し守り導いてこられたかを思い、ただ有り難い思いでいっぱいでした。

この時の先生への感謝を、私は母をこの世から送り出した後に、先生にお伝えしたいと考えていました。その日が間もないと思っていたからでした。でも、母は寝たきりにはなりましたが、誰の予想をもはるかに超えて健康が持続されました。そして先生にお礼を申し上げるのが延び延びになり、心に懸かっていました。三年を経て、迎えることはできないと思っていた母の米寿の誕生日を迎えた日を機会に、遅ればせながらあの時の感謝をお手紙に書き、母の最近の写真を添えてお送りしました。日を経ずして、お忙しい先生からすぐにお返事をいただき驚きました。それには、このように書かれてありました。

「本日は嬉しいお手紙を頂き有り難う存じました。

お送り頂きました母上様のお写真を拝見しても如何にも幸せそうに御見受け出来ます。外来においでになっておられた頃を思い出しました。病院の中では、私共がいかに努力致しましても此の様には出来ません。如何なる技術にも勝る肉親の愛情のなせるものと思います。

三年前に御目に掛かった時、どう御話し申し上げたか正確には覚えては居りませんが、私の申し上げた事はすべて私が患者さん及びその御家族の方々から教えて頂いた事であります。

この三年、定めし御苦労なされた事と存じますが、きっと後々良い思い出として残る事と存じ上げます。

医療は医者が病院の中でのみするものではなく、病人も、その家族の方も参加して頂く中で行われるべきものと信じて居ります。忘れてはならない事なのに忘れられ勝ちな点を実行して頂き有り難う存じました。私の方こそ御礼申し上げます。
大変嬉しい御手紙でした」

お医者さまのこと　Ⅱ

電車やバスでの通院が無理になった頃、家の近くで良いお医者さまはいないかと、以前町会の世話役をしていた人を訪ねて聞いてみました。「N先生がいいんじゃないかな。沢山の人が行っていますよ。とても親切な先生でね、老人保健の人だろうが金持ちだろうが、そんなことで区別するような先生ではないですよ」と教えられて行ったのが、母のホームドクターになってくださったN先生でした。母が倒れるほんの三ヵ月前のことでした。

母が倒れた時は、N先生に変えてからあまりにも日が浅いので、遠慮してその時の往診は別の知人である医師に頼んでしまいました。数日後、かつて通院していた病院のO先生に相談に行き、近くに往診してもらえるお医者さんをすぐに探すようにとのすすめで、N先生にお願いに行きました。大事の時には知人の医師に走ったことなどは全く咎めることもせず、快く今後の往診を引き受けてくださいました。それから十二年間にもわたって、寒い日も天気の悪い日も、お願いすれば嫌な顔ひとつなさることなく往診してくださり、そしていつも、先生が与えてくださる注意や指示は適切なものでありました。また母を診てくださるのと同時に、看護でヒステリー気味になる私をも咎めだてもせずに、適切に鎮めてくださる〝治療〟もしてくださいました。

ある日、食事を摂らせようとする私の手を払い除けてばかりいる母にカッとして、私は母のおでこをピシャッと叩いてしまったことがありました。運悪くその日はN先生の往診の日でした。それほど痛かったはずはないのですが、くやしかったのでしょう、母はいつまでも「痛い痛い」と言っていました。やがて夕方になり、先生が往診してくださる頃になっても、母は「痛い痛い」を言い続けていました。「今晩は、お加減いかがですか。どこか痛いところありますか」と部屋に入って来られて尋ねてくださる先生に、母はすかさず「はい、頭が痛いです」と答えてしまいました。「あれ、どうしたんでしょうね、風邪ですか?」「いいえ、よう子に叩かれました」。私は困るやらおかしいやらで、どうしようかと思っていると、先生は、「それはいけませんね。よう子さんが叩いたんですか。でもそれならすぐに痛いのは治りますよ」と言ってくださいました。

また別の日に、またまた私がヒステリーを起こしたことがありました。母のいちばん困ることとは、食事を「嫌だ、嫌だ」することでした。口を真一文字に結んで首を振ります。いい加減うんざりしてしまい、私は脅しにかかりました。

「おかあさまね、そんなにわがまますると病院に入院させなくてはいけなくなるのよ」

「病院のほうがずっといいもん」

「ご飯を食べない人が入院すると、お鼻からこうやって管を入れて栄養を入れられるのよ、嫌でしょう」

「そっちの方がいいもん」

「おかあさまみたいにわがままな人は、お手々をこうやって縛られて、お鼻から管を入れられるのよ」

「あなたなんかいない所の方がいいもん」

「おかあさまみたいに、ウンをするのにも一時間も二時間もかけ、ご飯を食べるのにも嫌だ嫌だってわがまま言って一時間も二時間もかける人はね、ウンをするのにはこんなに大きなお浣腸をかけられてね、ご飯はお鼻からこういうふうにして管を入れられるのよ。嫌でしょう」

「嫌じゃないもん。あなたのいるこんな所よりずっといいもん」

「それでは病院に行きますか？」

「うん、行く」

「ベッドから起きて、本当に行くの？」

「うん、行きたいもん」

こんなに一生懸命に家で看護しようとしているのにと、私はカッとしてしまいました。

「それなら起きて行きましょう」

「うん、行く。行きたいもん」

「はい、それではベッドから起きましょう。起きて歩いて行きましょう」

そう言いながら、私は電動ベッドのボタンを押して、いっぱいのところまでベッドの背を立てました。

「痛い痛い」と母は言いましたが、私はカッカとしていました。

「イタタ……やめて」

「嫌だ。やめて、もう行かない。痛い、イタタ……」

私もこわくなってやめて、ベッドの背を元に下ろしました。しばらくの間、母は痛い痛いと言っていました。

その日だけではなく次の日も母は時々、お腹が痛いと言って私を怯《おび》えさせました。本当のことを白状して、N先生に診ていただかなくてはいけないと意を決し、往診をお願いしました。腸がどうにかなってしまったのかもしれないと思い心配でした。恥ずかしかったのですが、先生に私のやってしまったことをお話ししました。「一生懸命に食べさせようとして、してしまったことですからね。無理もないですよ」と言われ、丁寧に診てくださいました。そして、「大丈夫ですよ。お腹は破裂していませんよ。動かさないで硬くなっている筋肉を急に動かしたので痛んだのだと思いますよ」と、私を叱らないでくださいました。母も間もなく痛がらなくなり、二度と私はベッドの背をいっぱいのところまで立てたことはありませんでした。

母を脅して私が言った「鼻から管を入れて栄養を入れる」ことを、実は本気で私は母にやらせたいと思ったことがありました。寝たきりになってから四年ほど経た頃でした。風邪をひいたことがきっかけになって、母は食事を受け付けなくなったことがありました。うつらうつらとしていて、お喋りもしなくなり、なかなか口も開けてくれず、吸い飲みで何かを入れてあげても、飲み込んでもらうのが容易ではありませんでした。私は気が狂いそうな思いでした。栄養さえ摂ってくれれば乗り越えられるのにと焦り、人から聞いた鼻腔栄養というもので何とかなるのではと考えました。そして往診してくださったN先生にそのことをお願いしてみました。

「たしかに鼻腔栄養という処置はありますがね、でもあれはたいへん患者にとって苦痛なものなのですよ。あの処置をとらなくてはいけない場合というのは、一つには、患者が手術直後などで、普通の方法の栄養摂取がその時はできないが、その時期を通り過ぎれば体の回復は約束されているというような時の栄養摂取方法の場合と、もう一つは、患者に意識がなくなって不快さを感じることはなく、しかも栄養摂取はしなくてはいけないという場合なのです。前者の場合でも、患者に状況を理解してもらいその処置をした場合でも、やはり患者が我慢できなくなることもあるのですよ。お母さんは今あまり人の話しかけなどに反応しないように見えるけれど、はっきりと快、不快を感じているのです。お母さんのような場合は(「老衰の時期にある患者は」という意味だと私は理解したのですが)気持ちよく過ごさせてあげることを、私は大切にしたいと思うのですがね。

おそらく入院させると鼻腔栄養の処置がとられると思います。入院に関して言えば、お母さんのような場合は、去年のように胃潰瘍《いかいよう》になって血便が出たなどという場合は別にすると（この一年ほど前に風邪をひいた時、カプセルの抗生物質の薬を母がどうしても飲み込めないので、私がカプセルから粉を出して蜜で甘くして飲ませるのを続けたので、風邪が治ったしばらく後に血便を出して、入院させる騒ぎを起こしたことがあったのです）、床ずれがひどくて、自宅での手当てでは間に合わない時と（母は全く床ずれの問題はなかったのです）、家族の人が病気などで看護ができなくなった時だけが、その必要のある時ではないでしょうか。だから先ず、入院させるか、自宅で看護するか心を決めることだと思います。そしてもし自宅で看護することに決めたら、忍耐強く少しでも普通のやり方で栄養を摂らせることです」

最後まで家で看てあげることが私の心からの願いでした。少々精神病的であることを別にすれば、それに必要な体力も私には辛うじてあるように思われました。私の精神病的症状の原因は、言うまでもなく母が食べてくれないことだったのですが、その原因のまた原因になったのは実は、親切で善意の人達の私への忠告だったのです。その時の母の食事の量がとんでもなく少ないと心配してくれる忠告に、私が途方に暮れていたのです。一日一二〇〇ccは摂らなくてはいけないこと、少なくも一〇〇〇cc以下になってはならないことを言われていたのです。母のその時の状態は、とてもそこには到達していなかったのでした。そのことをN先生にお話しすると、「必要量はたしかにそのとおりですけれど、今のような時には、最低量が五〇〇ccであることを知っているといいですよ。その量を三日以上続けて下回ると危険ですが、五〇〇ccを超えていれば何とか大丈夫だということを知っていれば、少しは焦らずにすむのではないでしょうか」と教えてくださいました。

ふと気が付いてみると、母の方は少しも苦しがってはいなかったのです。半狂乱になって辛がっていたのは私だったのです。母が倒れた直後に相談にうかがったO先生が「近くに往診してくれるお医者さんを早く探しなさい。そして、できるなら不自然な延命処置はしないようお願いしておきなさい。最後まで家で看てあげるよう頑張ってください」と注意されていたことを思い出しました。まさにN先生の処置はその方向のものであり、それを崩そうとしていたのが私でした。

人の一生の最後を看取ることは何とたいへんなことだろうと思いました。やりぬける自信はないけれど、何とか無事にやりぬきたいと希《ねが》うばかりでした。間もなく母はその時期を乗り越えていき、再び比較的よく食べてくれるようになっていきました。

差別ではないでしょうか

以前、私が本を書いたとき、十八世紀のイギリスの詩人ウィリアム・クーパーの手紙を日本語に訳して引用したことがありました。彼の手紙をそのままに訳して「いつまでわたしはこのように役立たずで片輪のようでいなくてはならないのでしょうか」と書いたのですが、校正の段階で出版社の人に「片輪」という言葉は差別用語だから変えるようにと言われました。私が使った言葉ではなく、クーパー自身が自分のことに関して使ったのだが、と言ったのですが、それでも差別用語だから使わないようにと言われ、その言葉を消して「いつまでわたしはこのように役立たずでいなくてはならないのでしょうか」と直したことがあります。そして、たしかにそのような心遣いは必要だと教えられるところがありました。

でも、老人の呆けについては、差別的なことが訂正されることもなく言われ続けているように私には思えるのです。「呆け」「痴呆症」という言葉自身、少々いやな響きがありますが、他にかえる言葉もないのだから仕方ないとしても、「呆け老人になるくらいなら早く死んだほうがましだ」などと言ったりするのは、これは差別ではないでしょうか。少なくとも、身近に母をもった私を傷つける言葉ではあります。ほかの様々な差別用語に対しては、今まで被差別者達がクレームをつけてきましたが、老人差別表現に対しては誰がクレームを申したててくれるのでしょう。私は母のことを人に言う時にはいつも、「かわいらしくなりました」とか、「赤ちゃんみたいになりました」とか言っています。

新聞やテレビなどで、「学者や芸術家には呆ける人が少ない」とか、「本をよく読む人や、物をよく書く人は呆けることが少ない」とか言われていたのを記憶しています。そのように言うことは「本も余り読まず、物も書くことなど余りしない人は呆けやすい」と言っているように聞こえ、「知的活動を怠る者が呆けやすい」という意味のように聞こえます。たとえ「それは統計上の事実だ」とか、「例外はある」とか言われても傷つきます。

実は、母は倒れた八十五歳近くまで、本当によく本を読み、手紙や日記のようなものをよく書いている人でした。でも、時がきたときには、何かどうしようもない力によって老いの坂を下り始めていきました。あの時の私には不安な下り坂でした。でも、下りる所まで下りて行ってしまったその所は、決して悪いだけの所ではありませんでした。こんなことを言っている私でさえ、以前にはどんなに偏見をもったり、またうかつにそういう意味のことを言っていたかもしれないと思うと恐ろしくなります。

母を看護してみて初めて、痴呆の状態にあるお年寄りは、生涯の最後の時期を迎えている尊い人格なのだということが分かるようになったのです。この世においても、人に勲章が与えられるのは多くの場合、その人の晩年の時ではないでしょうか。どんなにヘマばかりやった一生であっても、それは長い旅路であったと思います。その旅路の終わりに、子が親に、育てられた者が育ててくれた者に、「感謝」あるいは少なくとも「ねぎらい」という勲章をあげなかったとしたら、それは悲しいことではないでしょうか。

私は母を「おかあさま大好き」「おかあさまは私の宝物」「この家で一番えらくて大切な人はおかあさま」などという言葉で砂糖漬けにしてしまいました。これから教育していくべき子供に対してこのようなことをしたならば、さしずめその子供はろくでなしになってしまうのでしょうが、老いた母にはその心配もありません。

時々、「この家で一番大切な人は誰?」と聞くと、母は人差し指で自分の鼻のあたまをポンと突いてみせます。時には「わたし」と答えたり、ある時は「おトクさん」と、自分の名に「お」と「さん」を付け加えて答えたりもします。

私が母をかわいくなったと思うのは贔屓目《ひいきめ》かな、と思ったこともありましたが、母を見舞ってくださった方の中で三人ほどの人が、母を見たとたん「あらぁ、かわいい!」と思わず言われました。一人の方は「安心しきっているお顔だわ、これは」と言ってくださいました。母がかわいいと思うのは客観的事実なんだなと、内心私は得意でした。こうした母の様子や、また母が自分をこの家でいちばん大切な人間だと信じきっていてくれたことが、私の生涯での最大の、あるいは、唯一の業績かもしれません。この事は、私の一生が終わった時に神様から褒めていただけるかもしれないと思っているのです。

看護者の「空白症状」

一九八四年（昭和五十九年）十二月十五日、朝日新聞の「母を餓死させる――『看病疲れた』次男逮捕」、こういう記事の見出しが目に入りました。二十七歳の次男が会社勤めをしながら一人で自宅で脳軟化症で呆け状態になっていた母親を看護していたが、十三日に警察署に「帰宅したら母が死んでいた」と届けたが、調べてみると、すでに三日前ぐらいに死亡していたと思われ、死因は餓死と診断され十四日に逮捕された、という記事でした。

私は直観的に、これは看護者の「空白症状」だなと思いました。やはり思ったとおり、翌日十二月十六日の朝日新聞の「ニュース三面鏡」で再びこの事件が取り上げられ、逮捕された次男は近所で評判の孝行息子で、職場でも最近の若い人には珍しい真面目な人間であり、若者達のする遊びひとつせず、毎日まっすぐに家に帰って母を看ていたとのことでした。留置場で「母さんにすまない」と泣き伏していたと報じられてありました。

呆けてご飯をいくら食べさせても忘れて空腹を訴えるという状態のあることはよく知られているようですが、その反対の状態があることは余り知られてはいないのではないでしょうか。つまり食べることを忘れる状態になることもあるのです。そうなると看護者は、食べたがらないのに食べさせなくてはならない戦いでクタクタになり、判断力も鈍くなり、食事の催促がないのを幸い（はっきりそう思うのでもないのですが）、何もしたくなくなってしまうのです。そして「お声がなければ通り過ぎます」とばかりに、何時間も、ことによれば何日でも放置してしまいそうな心と体になってしまうのです。私はそれを看護者の「空白症状」と呼びます。

私も何回もそのようなことがありました。今日一日食べさせないでも、どうってことないかもしれない、そんな気になってしまうのです。そのような状態に自分がなっている時、私の場合はふと理性が戻り事態に気付き、ハッとする思いで立ち返り、再びまた「食事戦争」に挑み始めました。またある時は、一生懸命に食べさせようと口もとに運ぶスプーンを母が手で振り払ったり、唇を真一文字に結んでイヤイヤと首を振ったりするので、私の我慢の糸が切れてしまい、ピシャッと平手で母のおでこを叩いてしまったこともありました。我ながら全く発作的な感情と行動でした。そのようなことを何回となく繰り返した私だったので、新聞で読んだ、老いた母を餓死させてしまった孝行息子のことは我が事のように思えてなりませんでした。

「お年寄りを看護する方は一人で頑張ってはいけません」と私は声を大にして言いたいのです。人間は神に助けられるべく造られているように、人からも助けられて生きるように造られているのではないでしょうか。特にお年寄りを看護していく時には、「自分一人で何とかやっていこう」などという頑張りは決してしてはいけません、と警告したいと思います。ある老人看護をする者達の集いで、一人の方が自分のお父さんの看護で困り果てて疲れ果てている話をされました。指導の保健婦さんもいろいろとアドバイスしていましたが、決定的助けとなるものは残念ながらないようでした。たまたまその人の隣の席に座っていた私は、「ヘルパーの人にでも週一回でも二回でも助けてもらって、息抜きをしなかったら貴方が駄目になってしまいますよ」と言ったのですが、「うちの父は頑固で我儘《わがまま》でほかの人では手がつけられませんよ」と聞き入れてくれませんでした。「生きてもらいたい」と希って看護できるよう、看護者は疲れ果ててはいけないと思います。許される息抜き、差し障りのない程度の手抜きをやっていかなくては続けられません。

私はよく人から、外での勤めと家での看護の双方をよくやれますね、と言われたのですが、実は、昼間は母を看護の人の手に預けて外に仕事に出ているから、やっていけたと思うのです。母を看護していた以前は、外で仕事をして、家に帰って心身を休ませていたのですが、母を看るようになってからは、家では看護の仕事をし、外では教えながら息抜きをするという生活に変わりました。そして心して自分なりの息抜きをしました。手芸を楽しんだり、時には衝動買いをしたりしました。また幸い我が家が青山三丁目の交差点から五分ほどの所にあるので、このあたりには、雰囲気も良く、それほど高くもなく、一人で行っても寛《くつろ》げるレストランがいくつもあります。一人で出掛けて行き、ホッとして帰ってくることをよくしました。このほかにも、義姉が泊まってくれる夜には、コンサートをS席で楽しんできたり、かねがねテレビの劇場中継の番組で見て、あの席に座ってみたいなと思っていた歌舞伎座の一階桟敷席に座って、歌舞伎観賞を一人で敢行してきたりしました。こういう事をすることによって、それ迄にたまって充満していたストレスのガスがボンといって解放されていくような気がしました。少しお金はかかりますが、ストレスのガス爆発で自滅するよりは安上がりだと思います。

このように書くと、私が最初から計画的にストレス解消の工夫をしていたように聞こえるかもしれませんが、そうではありませんでした。いわば本能的にやっていたのです。自分の浪費に、実は後ろめたく思いながらやっていました。しかしある時、NHKで「老いを看る」というシリーズがあり、その中の一つで、寿岳文章・しづ夫妻の長女の寿岳章子女史が、お母様のしづ女史の老いの時期を看取った体験を話されたことがありました。そのお話の中でやはり、看護者は息抜きを持つように勧めてこのように言われました、「時には一人で食事をどこかでしてみるのもいいでしょうし、また衝動買いもたまにはいいでしょう」。私はホッとしました。自分の行動に説明がついたような、大義名分を見つけたような気持ちでした。

週に一度、私の解放日がありました。これは自分で工夫してつくったのではなく、義姉がつくってくれたものでした。それは、義姉が来て泊まってくれる水曜日の夕方から翌日の木曜日の夕方までです。水曜日の夜は私は何もしなくてもよく、木曜日の朝は何もしないまま出掛けて行くことができます。水曜日の夕方の帰途に感じる解放感は何とも言えませんでした。今夜は帰宅すると、作ってもらった夕食が食べられるのだという楽しみは、低次元な喜びと言われるかもしれませんが、嬉しいものでした。また翌日の木曜の朝には、自分の事だけすればいいとは何と楽なことなのだろうと、沁々《しみじみ》と感じたのです。

看護生活が始まった最初の年は経済的な理由もあって、私の授業のある日だけ、看護の人に来てもらっていました。でもそれだと、私が本屋に行く時間もスーパーに行く時間もないのです。それで間もなく、私の授業のない日にも一日、自分の事や雑事ができるよう、看護に来てもらうことにしました。

また、大学には長い春休みと夏休みがあるのですが、最初の年は義姉以外は看護の方に休んでもらい、私が頑張ってみました。結果は、疲れを残したまま新学期に突入するということだけでした。それで翌年からは、休みたい方にだけ休んでもらって、来てもいいと言ってくださる方には、時間を通常の九時から六時までを十時から五時までに短縮して、看護していただくことにしました。これで私は自分の事も少しはでき、体も少し休まる春と夏の休みを持てるようになりました。

このように、「看護を助けてもらう」ということ一つをとってみても、一年、二年という試行錯誤を経てようやく、より良い地点に到達することができました。おむつのこともそうでした。おむつかぶれは床ずれにつながるので、はらはらしながら模索したり人に教えられたりして、ようやく安心できるところに辿《たど》り着きました。だから今私は、看護する方々が少しでも楽にやっていけるよう、我が家で効を奏した工夫を知っていただきたいし、またいろいろな人の経験を聞いていくことをお勧めしたいのです。

看護される者が幸せであるためには、看護する者が元気でなくてはなりません。人間は互いに助けられて生きていくべきものだと思います。特に老人の看護は、一人で頑張ってはいけないとさえ思うのです。

丹羽先生に会いたい

長年導かれ、私どもが心から慕い尊敬していた牧師、丹羽鋹之先生が亡くなられたのは、母が倒れる三年ほど前でした。そして母は寝たきりになった後は、丹羽先生が亡くなられたことを忘れてしまい、「丹羽先生はどうしていらっしゃるの」と、よく私に訊ねました。先生が生きておられたなら、寝たきりになった母をきっと何回となく訪ねてくださっただろうと思い、母がかわいそうでした。

「丹羽先生はどうしていらっしゃるの」と聞く母を、私は大抵、話をはぐらかしたり逸らしたりしました。でも、諦めないで訊ね続けた時がありました。

「丹羽先生はどうしていらっしゃるの？」

「神様に召されて、今はイエス様のお側にいらっしゃるの」

「何？　亡くなったの？」

「そうなのよ」

「あら、わたし知らなかった」

「あら、おかあさまもお葬儀に行ったわよ」

「嘘よ。わたし知らせてもらわなかったわ」

「知らせたわよ。私とおかあさまと一緒にお葬儀に出たわよ」

「全然知らなかったわよ。悲しいわ。あぁ、どうしよう。丹羽先生に会いたい」

丹羽先生に会いたいと言う母を、私はどのようにいたわっていいのか分かりませんでした。一時間ぐらい悲しがっていた母は、ふと不思議そうにつぶやきました。

「でも、丹羽先生って、よく亡くなる方ね。このあいだも亡くなったわよ」

「……………?」

このことを伝え聞いた教会のある方が、丹羽先生の写っている8ミリのフィルムがあるから、機械を持って訪ねようかと申し出てくださったのですが、それを見たらなお、母が混乱してしまうだろうと思い、お礼を言ってお断りしたことがありました。

その頃からなお二年ほど後の夏休みに、私がアメリカにいた時の牧師であるドクター・ハーヴァソンが奥様と一緒に日本に立ち寄られたことがありました。今は国会の上院議会担当の牧師をしておられ、その時は韓国に招待されての帰途でした。日本に三日滞在するのだが、自分はいろいろな人々に会ったり、会に出席したりの仕事があるので、その間、夫人の東京歩きに付き合ってもらえないだろうかとのお手紙をいただいた時、私は大喜びでした。ハーヴァソン牧師にお目にかかるのも嬉しかったし、奥様の案内役も楽しいと思ったのですが、それよりもドクター・ハーヴァソンに母を訪ねていただき共に祈っていただきたかったのでした。

東京に到着されたあとの忙しい様子を見たら気が引けて頼めなくなるだろうと思い、成田までお迎えに行きました。ドクター・ハーヴァソンは私がアメリカにいた頃に日本を訪問される機会があると、時間をさいて母に会ってくださったり、また私の帰国後も日本に来られると、いつも知らせてくださり、母と一緒に会いに来るよう言ってくださったりしていたので、母にとっても懐かしい牧師だったのです。

空港からホテルへのリムジンバスの中で、外の景色や家々に興味をもたれている様子の奥様に、「日本の貧しい階級の者が住むアパートを内側から見るのも面白いとは思いませんか」と誘いかけてみました。「そんなことできるの?」と聞かれたので、「私の家に御主人同伴でいらっしゃれば」と言うとお二人は大笑いされました。でも、私の意図が解ってくださったようでした。時間は夜中でも何時でもいい、とにかくご都合の良い時に母に会っていただきたいとお願いしました。快く承知してくださり、何時になるか分からないが、時間が空いた時にきっと行くと約束してくださいました。そして来られたのは、出発の数時間前でした。

アメリカの家とは比べものにならない小さなアパートに、興味いっぱいで奥様も同伴してくださり、初めて会う母の顔を見ると、奥様は「なんてきれいな方なんでしょう」と言ってくださいました。手をとってくださるドクター・ハーヴァソンを、母は嬉しくて嬉しくてたまらないように見上げて、「有り難いわ」「有り難いわ」と繰り返し言っていました。当時私どもの教会は無牧の状態で、ここ何年も牧師の訪問もなく過ごしていた私どもに、ハーヴァソン牧師は「はるか遠く、アメリカのワシントンＤＣから牧師が訪問したことで、この何年かの空白が少しは埋められたかな」と言ってくださり、私の通訳で母のために祈ってくださいました。

「主よ、時を与えられ訪問できたことを感謝いたします。そして、此処に貴方の御臨在があふれていることに唯々感謝です。この部屋は貴方の御愛でいっぱいで、貴方の明るさに輝いています。ありがとうございます。

最後まで貴方の御愛で満たしてください。貴方の不思議な御守りで被《おお》ってください。貴方を思い、貴方を慕い、貴方を感謝する単純な信仰をこの老婦人にお与えください。御国に迎えてくださる最後の時まで、彼女を御手に抱きお運びください。

看護に当たっているよう子を助け、御力をお与えください。貴方の此処に満ち溢れる御愛を、この者に見せてくださったことを心から感謝いたします。　アーメン」

母も女です

今でいう満三十九歳で未亡人になり、まだ八歳、六歳、二歳と、幼かった私ども三人の子供を育て上げることがすべてともいえるのが母の人生でした。父が亡くなって二、三年経た頃、ある友人が母に再婚を勧めたことがあったのだそうです。「あんなに侮辱されたと感じて腹が立ったことはない」と、随分あとになっても話していました。そのような母が、かわいらしくなってしまってからは、恋のことをよく話題にするようになりました。

寝たきりになってまだ間もない頃、可愛がっていた教え子の一人から結婚するという知らせが届きました。すると母は憂鬱《ゆううつ》になってしまったのです。私は母が結婚式に出席できないのが悲しいのだと思い、「おかあさまは冨美子さんをかわいがっていたから結婚式に行きたかったわね。でも、結婚式のあと二人で来てくださるって言っているから、ここで小さな披露宴をしましょうよ」と言いました。

しかし、母が悲しい理由は別のことだったことが分かりました。

「わたし悲しいなぁ。だって、わたしだって結婚したいんですもの」

何年もの間、理性で蓋《ふた》をして抑えられていた母の本心を見たように思いました。励ます術《すべ》がなかったので、私は讃美歌のテープをかけました。そしてそっと部屋を出ました。三十分ほどして再び部屋に入っていくと、今度は母の顔は輝くように明るくなっていました。讃美歌の音楽が効を奏したのだと思っていると、母はこう言いました。

「よう子ちゃん。わたしも結婚しようと決めたの。誰と結婚しようかしら」

あれこれと案を巡らしているらしく、母はニコニコしています。その日はたまたまホームドクターのN先生が往診に来てくださることになっていたので、

「誰と結婚したらいいか、N先生の往診が終わったら、二人で考えてみましょう」

と私が言うと、母は、

「N先生でもいいんだけどな」

私は少々慌《あわ》て気味になりました。

「おかあさまはイエス様の花嫁でしょう（キリスト教では信者自身のことをキリストの花嫁と呼びます）」

「うーん。それはそうだけれど。でもー、イエス様の花嫁だけじゃあ、つまんない」

そして依然として母の顔の輝きは消えませんでした。間もなく来られたN先生に、母は開口一番こう言いました。

「先生。遅れ馳せでございますが、わたしもようやく結婚することに決心しました」

「それは良いことですね」と、先生はやさしく合わせてくださったのですが、私は母がプロポーズするのではないかと、ハラハラしどおしでした。無事往診が終わってお帰りいただいた時は、全くホッとしたことでした。

母のこの結婚の決意は、その後二、三日続きました。そしてその間ずっと母の顔の輝きも続いていました。その時に来てくれた義姉にもすぐに、母はその決意を発表しました。

「結婚することになったのよ」

「あら、どなたが？」

「わたし」

そう言う母の表情と仕草は、何とも愛嬌がありコケティッシュでした。

男と女の恋の話も、母は楽しそうによく話しました。以前の母には考えられないことでした。母のこの恋の話を、私達もけっこう楽しんでいました。ある日、義姉が、母の恋の話の相手をしていました。

「おばあちゃまは美人だから、きっと沢山の人達がおばあちゃまに恋をしたんでしょうね」

「まあね」

「どんな方達でしたか？」

「太郎に、次郎に、三郎ね」

義姉は大笑いしていました。そしてまた続けました。

「おばあちゃまは今だったら、どの方と結婚したいですか？」

「どうせ結婚するなら、恋をしてから結婚したいわ」

「それなら、どなたと恋をして、そして結婚したいですか？」

「そうねぇ。やっぱりあの人だわね」

「どなた？」

「良雄」

それは、恋のコースは抜きにして、母が六十年前、昔流に結婚した私達の父の名前でした。

時には、少々いわゆる「エッチ」なことも平気で言ったりして私達を吃驚させました。幼い頃から私が見てきた母は、その類《たぐい》の言葉を知っている人とはとても思えなかったのです。母がエッチなことを言うのを聞いて私が吃驚すると、母はますます面白がって、その言葉を繰り返したりしました。

ある夜、母のおむつ替えをしていた時でした。私がお湯で清拭をしてあげていると、母は私をたしなめるように言いました。

「おやめなさい」

「だって、きれいに拭かないといけないでしょう」

「やめなさいって言ったら、やめなさい」

「どうして？　やめる訳にはいかないでしょう。お病気にならないためには、きれいに拭いておかなくてはいけないのよ」

「やめなさいったら。あなた、そんなことをしているのを他人に見られたら、スケベだと思われるわよ」

そのような言葉が母の語彙《ごい》にあるとは知りませんでした。ただ一度、私の小学生だった頃の記憶に、私がふざけて友達との会話にその言葉を使った時、あとで母に呼ばれて、たいへんに叱られたことがあるのを覚えています。いまではケロリとして、その類のことを言う母の話を、母の妹である叔母に話すと、「今迄、教養が邪魔をしていたっていうことかしら」と叔母も大笑いして言いました。

母は寝たきりになった後も、随分難しい漢字を覚えていました。ナシという漢字をきくと、「梨」と教えてくれたあと、ついでに「林檎」という字も教えてくれたりしました。それで時々母の頭の運動のために、私は漢字のテストをしてみたりしました。

「おかあさま、春夏秋冬のハルという字はどう書くの?」

母は宙に指で字を書きながら言いました。「あのね、ひとつ、ふたつ、みっつ横に線を引いてね(三)、それから縦に中頃まで真っ直ぐに線をおろして、それからね、股を広げさせて(人)、えーと、それからキンタマの所あたりに小さく、こういうのを書く(日)」。その筆順の表現のあまりの滑稽《こっけい》さに、転げまわって笑っている私を、母は悪戯《いたずら》っぽく見て、言いました。

「喜んじゃってる」

私はまた笑い転げました。

母の信仰

寝たきりになって間もなく、はっきりと母の知能には衰えと乱れが現れました。母の意識が昔に帰っていたり、来るはずのない来客の準備をするのに焦っていたり、また訪れてくれる人を識別できたりできなかったりというような状態はしょっちゅうでした。でも、最初の一年ほどは、そのような状態が三分の一、あとの三分の二は、かつて以上の鋭い感性や観察力のようなものがあるようにさえ私には思えることがありました。それが二年、三年と経るに従って、その感性や観察力も確実に衰えていき、三分の二が半分に、半分から三分の一にと減っていき、五年を過ぎる頃からは、もっぱら母は御伽《おとぎ》の世界に住んでいました。しかし、そうなるにつれて、過去に関する心の痛みなどは消えていき、ただ幼な子のように穏やかになっていきました。最初の頃は、私のしたことが何か気に食わないと、一日、ひどいときには二日ぐらいも赦してくれないことがよくありましたが、五年を過ぎた頃からは、私が怒らせたあと一、二分もするとケロリと忘れて、ニコニコ笑いかけてくれました。そして、「幸せ?」と聞くと、「幸せよ」といつも答えてくれました。

それと並行して、母にとって大切な神様のこと、イエス様のことも忘れていくように見えました。「主われを愛す」という讃美歌もだんだん歌わなくなりました。初めの頃、昼間一日中、大きな声で、まだ神を信じていない末の息子（私の弟）の救いを神様に祈り続けて、看護の人を吃驚させてしまったことがあった母も、この頃になると祈りは殆どしなくなりました。

しかし一つ、母の中に残り続けた信仰のしるしが在りました。

母にテレビを見せたり、また食事をさせたりするたびに、ベッドの背を上げて体を少し起こします。それを何回かやると、だんだん体が足の方向に向かってずりおちていきます。それで何日かに一度は、ヨイショッと、体を頭の方に向かって移動させなくてはならないのですが、母はそれをやられるのが大嫌いなのです。年老いた母がどうしてこうも力み反《かえ》ることができるのかと思うほどの力で、体がコチコチになるまで力み反ります。そして二人の者がようやくにして体を移動させることができるほど重くなってしまうのです。これを時々私が一人でしなくてはならないこともあります。以前、椎間板ヘルニヤをやったことがあるので、私もこれが大の苦手です。私の膝の上に母の頭をのせて、母の両脇の下に私の両手を入れ、ヨイショッと上に引き上げるのですが、おデブさんの母が力み反ると、文字どおりテコでも動かせないのです。

以前、老人看護の講習会で、相手が体をコチコチにさせた時は、手で軽く優しく体をポンポンと叩いてあげると、ほぐれると教えられましたが、母には通用しないのです。ポコポコと叩くと、いよいよ移動の時が近づいたと、前にも増して力み反ります。

それである時私は、母の頭の位置に母の方に向いて座り、私の膝が母の枕になるように母の頭を私の膝の上にのせ、両方の私の手をそれぞれ母の両方の脇の下に、下の方から抱えるようにに入れてから、こう言ってみました。「私は腰が弱いから、痛くならないように祈りながらおかあさまを上に引くから、おかあさまもイエス様にお任せするような気持ちで、私に任せてちょうだい。イエス様に抱っこしていただくような気持ちで、安心して体から力を抜いていてくださいね。抱っこしていただいて、動かしてくださるままに、動かしていただきましょうよ」「はい」と答える母の体が弛《ゆる》むように軟らかくなるのが、はっきりと私の手に伝わってきました。そこで私は「ヨイショ」と言うかわりに、「イエス様」と言って、母の体を引き上げました。あの重さは一体何処に行ってしまったのかと思うほど、軽々と移動出来ました。このことのあと、私が一人で母を引き上げなくてはならない時にはいつも、この同じことを言って、同じように引き上げることにしました。毎度、同じように成功します。母の力が抜けて体の軟らかくなるのを私の手に感じるたびごとに、私は、これが母の中にしっかりと残されている母の信仰の証しであることを思ったのです。

おともだち

母の学生時代には奈良女高師は全寮制での教育でした。青春時代の四年間を寝起きを共にした友達というものは肉親の姉妹以上のものがあるようでした。寝たきりになって自分の名前を忘れることもあったあとでも、当時の友達のことをよく思い出し、学生の頃のことを尋ねると、「わたしは八期生で、寮は三寮の四舎。寮長先生のお名前は『にしごり先生』」と、よく憶えていました。そして母の心はよく奈良での学生時代に戻って行っているようでした。

奈良時代の級友や寮友の中でもいちばん懐かしがったお友達は立神さんでした。学生時代の名前は菅谷さんといわれ、結婚して進藤さんとなられたのですが、御主人が間もなく亡くなり、何年かを経て再婚されて現在は立神さんという名前でした。寝たきりになった母が何回となく思い出して懐かしがるので、私は今のうちにと考え、岐阜のお宅に二、三度電話をして、母と話をしていただきました。呼び名は「進藤さん」になったり、「菅谷さん」になったりしながら、とりとめもない、時にはチグハグな母の話を、長々と三十分ほども付き合ってくださいました。電話が終わった後、母はニコニコと満足気で、「『進藤でも菅谷でも、どの名前でもいいから、わたしを憶えていてね』って言っていたわ」と、楽しそうでした。
聡明な立神さんは、最初のそうした母の電話で母の異変に気付かれたらしく、すぐにお葉書がきました。
「お電話でお話しできて本当に嬉しかったです。何回でもお電話をくださいね。会いたいですね。でも東京までは遠くて行けないので、そのかわりに讃美歌の四〇五番を祈りをもってお送りします。歌って私を思い出してください」（立神さんもキリスト教徒でした）
その讃美歌「神ともにいまして」を母に歌ってあげながら、私は涙がこぼれて仕方ありませんでした。この讃美歌は、教会などで誰かの送別のときには必ずといっていいほど歌われています。気付かないうちに、言葉の意味も大して考えずにただ習慣的に歌っていたのでしょう、でも今は、その言葉の意味が身近に響いてきました。特に終わりの節を歌った時には、母と立神さんがまた会う日は、おそらく二人ともが天の御門に入った日になるであろうことを思い、涙が止まりませんでした。しかし、母は何も気付かず気持ち良さそうに聞いていました。

神ともにいましてゆく道をまもり
天《あめ》の御糧《みかて》もてちからをあたえませ
また会う日までまた会う日まで
神の守り汝《な》が身を離れざれ

御門《みかど》に入る日まで慈《いつく》しみひろき
御翼《みつばさ》の蔭にたえずはぐくみませ
また会う日までまた会う日まで
神の守り汝が身を離れざれ

それから何ヵ月か経た秋口のある日、立神さんからお便りがありました。

「涼しくなりましたね。毎日あなたはどうしていなさるかしらと考え通しているものですから、大きな声で『美川さーん』と叫びたくなる日もあります。椅子にかけて痛む足をいたわりながら何を考えていらっしゃるかしら。会いたいなぁ。九月初めの頃、私は小石のゴロゴロしている庭で転んでおでこを打ち、耳が聞こえなくなりました。周囲が静かで聞こえないのもいいな、と思いましたが、やっぱり淋しいですね。風鈴の音も聞こえず、家族の話し声は音だけで何も分からず淋しいことです。電話の声も聞き取ることもできず、孤独の淋しさはあります。哲生（五年生の孫）が私の肩を叩いて『行って来ます』と言って登校しますと嬉しくて涙がこぼれます。大人の人の声は少しも聞こえません。父や兄が耳が聞こえなくなり静かに死んでゆきましたが、その心のうちを初めて知りました。電話に代わるハガキお許しください。また書きます」

すぐ様子を知りたくて、東京に住んでおられる立神さんの妹さんに電話をしてみました。妹さんも奈良の卒業生で、母の二年ほど後輩の方でした。妹さんも心配して岐阜に行かれ、いま帰って来られたばかりの時だと言われました。そして立神さんは体は健康で心も穏やかに過ごしておられたと教えていただき、ほっとしました。

心からお姉様を尊敬しておられる妹さんはこう言われました。「姉は本当に頭ははっきりとしていて、立派でしたよ」。私もきっとそうだろうと思いました。でも、その時ふと、私の思いの中に淋しさがよぎるのをどうしようもありませんでした。母だけが駄目になったのか、と思ったのでしょうか。私は心の中で「だけど、ぼけてかわいらしくなることは決して悪いことではないのです」と言っていました。健やかにぼけるということは（このような言い方は医学的に否定されるかもしれませんが）、神が人の老いの苦しみに対して与えられた緩和剤のように私には思えて仕方がないのです。それに、あのかわいらしさは、あの仕草や話し方のかわいらしさは本当に赤ちゃんの可愛らしさと同じようで、否応なしに人の愛情を引き出し、かわいいかわいいと思いながら看護をさせていく力を持っているのです。あのかわいらしさは、人に神が与えられた緩和剤ではないでしょうか。

その時から三年目のお正月、私が母に代わって立神さんに出した年賀状のお返事が息子さんから来ました。耳も聞こえないし、息子さん夫婦も二人とも働いているので、近くにある老人ホームに入れました、と書かれてありました。私は動揺してしまい、また妹さんのお宅に電話をしました。妹さんも、心配だから近々岐阜に行ってくると言われたので、私はひたすらその日を待ちました。

妹さんご自身、ご老体なので、岐阜に行かれたのは春になり暖かくなってからでした。ホームは立神さんの家から車で十五分ぐらいの地にあり、自然に囲まれた、まるで別天地のような所だったと聞き、安心しました。明るい窓に向かって椅子に座って外を眺めているところに妹さんが入って行くと、しばらくは妹さんだということが分からなかったそうです。ようやく妹さんだと納得した立神さんは、「あらぁ、どうしてそんなに年をとったの」と吃驚されたとのことでした。いろいろなことを忘れ、遠い昔に帰っておられた様子で、難しいことはもう何も考えないらしく、穏やかに子供のようになっていた、と妹さんは話してくださいました。「姉や、あなたのお母さんのように、穏やかな年寄りにわたしも本当になりたいものだと思いますね」と言われました。神の与えられる道が最良のものであることが分かるには、私ども自身がその道を歩まされた後にしてようやくできることなのかもしれません。「老い」を体験するということは、なんと人にとって大変なことなのだろうと思いました。

それから二年ほどして、立神さんは静かにこの世を去り、天に召されて行かれました。息子さんから、白い菊の花に囲まれた召天された立神さんの写真も同封された手紙が届きました。

「母がいなくなって、大きな穴があいたみたいです。トク小母さんがかわいく幸せそうにしておられるとのこと、嬉しく思います。大事にしてあげてください。母もきっとそれを喜ぶことと思います」

その写真を、私は母のベッドの側に、母からは見えない所にそっと置きました。母はその頃には、菅谷さんのことも、進藤さんのことも、立神さんのことも思い出すことはなくなっていました。

会話

指人形

母が寝たきりになって間もない頃、教会の友人が手作りの大きなお人形をくださいました。そのお人形をしばらく見ていた母は、まるで人に話しかけるように「あなたのお鼻はまん丸なのね」と言いました。とっさに私はお人形になって答えました。「そうなのよ、おばあちゃま。おばあちゃまは私の丸い鼻がきらい？」と聞くと、「ううん、そんなことないわよ。かわいいわよ」と、一生懸命に慰めていました。私はむかし見た「リリー」という映画を思い出しました。みなし児になった孤独な少女が、大道芸人の操《あやつ》る動物の人形達に、それが人形であることを忘れて、本気で自分の思いを語りかける話でした。お人形はイケるかもしれないと思いました。

たまたま、クリスマスの季節に買ってあった指人形の材料のプリント布地がありました。デンマークからの輸入品です。早速作り始めました。指人形を作ることは、看護で緊張気味の私にとってもレクリエーションです。みるみるうちに出来上がり、全員勢揃いしました。白髪のおじいさんとおばあさん、生まれたばかりの男女の双子の赤ちゃんを抱いている若い夫婦、犬を連れた元気な男の子と、猫を抱いている女の子、小さい子供達が四人、そのうちの一人は黒人のチビさん。それからお医者さんと看護婦さん。それにコックさん、お巡りさん、郵便配達屋さん、黒い帽子に黒い服の煙突掃除屋さん。総勢、赤ちゃんを入れて十八人と、動物二匹です。

映画の「リリー」の中に出てくる動物パペットのように人形達を遣《つか》い、母に向かって話してみました。母はこの十八人と二匹に本気で話しかけてきました。お医者さんやおじいさん、おばあさんには丁寧な言葉で、看護婦さんや郵便配達屋さん達には親しげに、子供達には子供に対するように言葉をちゃんと使い分けて話しています。そして、これだけの多人数の指人形が入れ代わり立ち代わり現れると、最後は遂にうんざりという顔になります。でも飽きてきても、大人の人形には自分を抑えて我慢して相手をしていますが、子供の人形には露骨に自分の感情を出していきます。

子供の指人形が、

「こんちは。おばあちゃん。あそぼう」

と言って現れると、

「あらぁ、また来たの?」

と、嫌な顔をしたり、

「もう来なくてもいいわよ。帰ってよ」

「あーあ、嫌んなっちゃったなぁ」

などと抵抗します。

これもまた一つのスポーツだと私は思いました。かつてK病院のO先生が、「人がスポーツをすると、疲れるけれども、それが体のためになるように、たとえ少々疲れることがあっても、人と会うことはお母さんのために良いことなのです」と言われたことを思い出しました。

看護を私が始めた当時、私のもとで看護することは不適切だとの批判の理由の一つは、私のところでは家族がいないということでした。でも、この十八人の指人形の加勢があるならば、けっこう良い穴埋めになると、私はほくそ笑みました。

話し相手の看護

母の看護者は毎日代わるので、横の連絡のために看護日誌が毎日書かれています。ある日のMさんの日誌にこんなことが書いてありました。

「午前中はよく眠られ、遅めの食事でしたが、早いペースでしっかり召し上がりました。午後、一緒に歌を歌ってくださると言うので喜んだのですが、すっぽかされました。なぜ一

緒に歌ってくださらないの？　と聞くと、『バーカ』と返ってきました。その後も、

『きちんと直して』

『そこの角、曲がっているとこ直して』

『お茶、あなたは駄目よ』

『どこからかかってきたの？』

　おばあちゃまはどこかの世界に行っています。何処なのでしょうか？」

　つまり母の思っていることが何が何だか、さっぱり分からないのです。そういうことがよくあります。でも、それは支離滅裂とは違うのです。母の話は、その時その時の母の世界があるのです。話し相手の私達はできるだけ早く母がどこにいるのかを探し出して、その場所に立って母と話をしていくと、会話はスムーズにいきます。時には遂にどこだか見つけ出すことができないこともあります。見当をつけて、あてずっぽうでいくと、母は機嫌が悪くなります。そういう話し相手をして叱られたことが何回となくありました。

「ねえ、よう子ちゃん、あれ一つだったかしら、二つだったかしら？」

「何が？」

「あれよ。ねえ、一つだったかしらね？」

「何が？」

「一つだったかしら、二つだったかしら、って聞いているのよ。返事しなさい」

るのです。

　またある朝のことでした。母は目を覚ますと、何か焦っているように私にしきりとこう尋ねました。

　母は呆れたように私の顔を見ていました。

「あなたはバカねえ。あなた、何のこと話しているのか分かっていないんでしょう」

「そうね。たしか三つだったと思うわ」

「ねえ、返事しなさいってば」

「………？」


「ねえ、よう子ちゃん、何時までだった？」

「何が？」

「ねえ、何時までに行けば大丈夫？」

「十時までだと思うわ」

「今、何時？」

「今は八時半」

「何時までに行けば、あれ大丈夫？」

　母は焦っていて、延々とこの質問を繰り返します。母の焦りを鎮めるために、私はその「何時」とは何の時か知りたいと思いました。そして、母の側に座って尋ねました。

「おかあさま、何時って、何をするための時のことか私に分かるように話してくださる？」

「朝のポストの時間」

あぁ、そうなのかと分かりました。母は元気な頃はたいへん筆まめな人で、よく夜に書いておいた何通かの手紙を、朝早く郵便屋さんがポストから集めていく前に投函しに行っていたのでした。そのことだったのかと気付いたので、今度は間に合わせの返事をするのをやめました。

郵便屋さんがポストに集めに来るのは、朝は九時だけれど、その次は十二時、またその次は三時、六時、夜の九時とあるから、いつ投函しても大丈夫なこと、また母が書いておいた手紙は(勿論これは母の想像の中で書いた手紙ですが)、私がきっと持って行って投函して来るから安心するように。と話して聞かせますと、間もなく、母の焦りは鎮まっていきました。

母の言っていることが何のことか分からず適当に返事することを、母は「生返事をする」と言って、よく怒りました。最後まで私が分からずじまいになることもよくありましたが、少なくとも母の側には、母の意味するものがあるのです。私共の現実の世界とは別の世界にいて、考えている何かがあるのです。母との会話のグラウンドは、あくまでも母のホームグラウンドでなくてはならないのです。私共の現実の世界に母を連れ込むことはなかなかできないし、またその必要などないと私は考えているのです。

私達も一緒に母の世界に旅をして何の悪いことがあるでしょうか。母を看護してくださる人達は皆、母の世界を一緒に旅してくれる旅の達人でした。母は良い道連《みちづ》れをもてた幸せな人だったと思います。

こころの耳

母の九十歳の卒寿を祝って間もない頃、また高い熱が出て、それが一週間以上続いて心配したときがありました。いつも母は熱が出ると昏々《こんこん》と眠り続け、何にも反応しなくなってくるのです。いちばん途方に暮れることは、食事を摂ることに対して反応しなくなることでした。お医者さまは用心されて、眠くなる薬を与えないようにされるのですが、どうしても、大抵そのような状態になってしまうのです。今回は特にその症状が強く出ました。頬をついても、呼びかけても何の反応もなく、大きな声で話しかけながら吸い飲みで口に何かを入れても、飲み込めないで流れて出てきてしまいます。お医者さまも、それとなく私に覚悟を促しなさいました。

私も、やはりもう終わりの時がきたのかなと思いました。今迄五年もの時を与えられたことに感謝しなくてはならないと思いました。それと同時に、私は母にも感謝を言いたくてたまらない思いでいっぱいになりました。母の具合が悪くなると、人の出入りが多くなります。夜になり私と母と二人きりになるのを待って、母のベッドの傍に座りました。「おかあさま、聞こえる?」……「おかあさま、分かる?」……頬をついても何の反応もありません。返事はもちろん、表情にも何の変化もありません。私は母の魂に向かって話しかけようと思いました。

「おかあさま、聞こえるのかしら？　どうか聞いてくださいね。よう子はおかあさまにお礼を言いたくて言いたくてたまらないの。本当に有り難うございました。いろいろ心配ばかりかけてごめんなさいね。でも心配してくださったおかあさまが有り難くて、感謝でいっぱいだったの。体が弱くて何回も死にかけた時もあんなに一生懸命になってくださったし、よう子は生きていくのが下手くそで、無駄な苦労ばかり繰り返したのに、一緒に歩いてくださって、本当に有り難かったんですよ。聞こえる？」……母は何も反応をみせませんでした。

それで私は思うままを話し続けました。

「神様がいてくださるから、イエス様がいてくださるから安心ですよね。そしておかあさまはイエス様にお目にかかれる所に行くからいいけれど、残されるよう子はやっぱり淋しいし、悲しいわ。一人になったら、どうしたらいいか分からないわ」

何の反応もない母を前にして、意気地《いくじ》のない私は泣いてしまいました。そしてしばらくして再び話しかけようとして母を見ると、何の動きもない母の顔の閉じたままの目から涙が流れて線になっていました。おや、と思いましたが、表情には何の動きもなかったので、そのまま話し続けました。

「こんなにしようがない娘なのに、いい娘だと思い込んでくださって、よう子に看護してもらいたいって言ってくださったから、おかあさまとこうしで最後まで一緒にいられて、とっても嬉しかったの。五年間看護させてくださって有り難う。おかあさまの看護ができて本当に楽しかったわ。おかあさまがかわいくてかわいくて仕方がなかったんですよ。とっても楽しかったの。本当に有り難う。……おかあさまも、よう子と一緒にいて楽しかった？」

母の首がかすかに頷きました。私は気のせいかな、と思いました。それでもう一度言いました。

「よう子と一緒にいて、おかあさまは楽しかった？」

今度は前よりもう少しはっきりと頷きました。それで私は前よりも心をこめて母への感謝のあれこれを話し続けました。でも、再び何の反応もありませんでした。

しかし、母の魂のどこかで聞いていてくれるのかもしれないという希望が生まれてきました。しばらく話し続けたあと、私は母に頼んでみました。

「おかあさま、おかあさまは少し熱があるけれど、心臓も悪くないし、血圧も異状はないし、お腹も悪くないのよ。ただご飯を食べなくなってしまっただけなの。ご飯さえ食べてくだされば、また元気でよう子と一緒に過ごさせていただけるかもしれないのよ。ご飯を食べなくなっただけで、お別れしなくてはならないとしたら、何だかとても残念で仕方がないの。おいしいポテトのクリームスープがあるから飲んでみてくださる？」

母はかすかに頷きました。私はもう一度念を押してみました。

「おいしいスープを飲んでみましょうね」

今度もたしかに頷くのが分かりました。

大急ぎで用意して、吸い飲みに入れ、口の中に静かに流し込むと、コックン、コックンとしっかり飲み込んでいってくれました。全部で三〇〇cc飲みました。しばらく静かにしていた後、三十分ほど経て、母は目を開けて私を見ました。その目は、もう空ろな目ではありませんでした。その時ほど、私は食べることの力を感じたことはありませんでした。あたかも、乾いていた灯芯に油が注がれていったようでした。そしてその時を境として、母は再び食事を摂りはじめ、にっこりと微笑むようにもなり、間もなくお喋りも始まりました。

私の振り袖

自分の子供を買被《かいかぶ》る親は世の中にはよくありますが、これは母親と娘の関係により多く見られるのではないでしょうか。そのような親子に時々出会うと、よそ目には、少々おめでたい感なきにしもあらずですが、実は恥ずかしいのですが、私に対する母がその一例だったかもしれません。でもそのような買被りも、老いを看取る時には、ちょっと役に立つこともあります。安心しきって、親が子に看護を任せてくれるからです。私は敢えて母の私への買被りは、そのままにしておきました。「買被り」とは言っても、母と私の場合は、小さい頃の私が突っ拍子もなくへんな子だったからだと思います。普通の子供なら考えもしないような事を言ったりしたりしたらしいのです。途方もなくへんな子が、どうやら人並み近くになれたという安堵感が、買被りに変形してしまったのかもしれません。

母が寝ついて二、三年した頃、ある日私は箪笥の中を整理していると、私が赤ちゃんの時のお宮参りの着物が出てきました。父方の本家から贈られた見事な着物なので、あの戦時中の空襲の中からも、母が大切に守って潜り抜けてきた物でした。

私達の子供の頃、特に父が亡くなった後は、母は世間の人並みの贅沢《ぜいたく》を私達にさせてくれることはありませんでした。ですから皆が七五三のお祝いの時に身に着ける、頭につけるリボンのかんざしや、ポックリと呼ばれる歩くと音のする履物《はきもの》が、私は羨ましくてなりませんでした。振り袖の着物などは夢のまた夢でした。

そんな子供の私にとって、箪笥の中に時々見かけるそのお宮参りの着物は、唯一の私の「振り袖」でした。なぜ着せてもらえないのかしらと思いました。赤ちゃんの着物だって言うけれど、袖を通しても楽々と手は入るし、身頃《みごろ》だってちゃんと前は重ねられます。どうして着てはいけないのか分からなかったのです。聞くところによると、当時よく私はその着物をこっそりと着て、母の目を盗んでは外に逃げ出していき、見せびらかしによその家に行ったらしいのです。私自身、そのことをぼんやりと憶えています。その「振り袖」を着て他家に行くと、そのお宅の小母さんが「あらぁ、よう子ちゃん、赤ちゃんの時のお着物を着てきたの」と言われるので、どうしてバレるのか不思議でなりませんでした。

その曰《いわ》く付きの着物を、箪笥から取り出して拡げ、ベッドの中にいる母に見せました。「この着物、憶えている?」と聞いてみました。首をかしげる母に、「私が小さい時にこっそり着ては、家を飛び出して走って行った着物よ」と言うと、母はおかしそうに笑って「あぁ、あの着物なの」と言いました。しばらくして、「おかしな子だったわねぇ。こんなになれるとは思わなかったわ」と、沁々と言いました。「こんなになれるって、どんなに?」と尋ねると、「こんなに、しっかりした者になれるなんて」と言いました。そんなふうに今の私のことを思っていてくれるのかと思うと、何だか恐れ多いような申し訳ないような気がしました。でも、そう思っていてくれるほうが、母にとってはいいかもしれないと思い、黙っていました。

この着物は誰か人に上げてしまったら、ただの古風なお宮参りの着物でしかありませんが、母と私には特別な思い出のある「おかしな子の振り袖」です。この着物は「こんなになれた」私が持っていなくてはならない着物だと思いました。それで、着物を洋服に仕立て直してくれるという、原宿の表参道にあるブティックに持って行き、ブラウスに直してもらいました。すてきなブラウスに変身し、黒のロングスカートと合わせて着ると、立派なフォーマルドレスになりました。これは「おかしな子」が「しっかりした者」になれた記念であり、母が私を買被ってくれたことを思い出させてくれる、私の大切な洋服です。

買い物

虹色にキラキラと光るクリスタル風のペンダントと、それと同じデザインのイヤリングがバーゲンになっていたので買ってきました。以前きれいだなと思って見ていたのですが、ちょっと値段が高いように思えて買わないでいたのがバーゲンになっていたのです。家に帰ってから、それを寝ている母に見せました。揺れると虹色に光るクリスタルを見せて、「きれいでしょう。バーゲンだったから買ってきたの」と言うと、「きれいねぇ。……これ、わたしの物にしてもいいかしら」と欲しがりました。私はとび上がりたいほど嬉しくなりました。以前には、母はこれと同じ事をよくやっていたからでした。

毎年、私は衣類はそのシーズンのバーゲンの時期まで待っていて買い物をします。思いがけない物が思いがけない値段になっているのが面白くて、いくつかをまとめて買って帰ります。そして家に帰ってそれを拡げて母に見せるのが、かつての私の習わしだったのです。すると母はその中に自分の好きな物があると、「これ、わたしに着せて」とか、「これ、わたしにいいわ」とか言って取ってしまうのでした。「これ、わたしに譲って」などとはまず言いません。そして本当にタダで自分の物にしてしまうのでした。私も、いい気なもんだわ、と思いながらも、そんなことをする母が面白いし、またいまだに母にしゃれっ気があるのが嬉しくて、けっこう、母に取られるのも私のバーゲンセールの買い物での楽しみの一つでした。母にお金を払ってもらいたいときは、最初に「おかあさまのために買い物をしてきたわ」と言ってから、買い物袋を開いて見せればいいのでした。母の好みを知っている私の買い物ですから、大抵は素直に払ってくれたのですが、明治生まれの母は節約家でした。悪怯れずに私の買ってきた物を取って着てしまうのが、母の節約のやり方だったのです。しかし、この私達の年中行事は、母が寝たきりになった時からなくなっていたのです。

それが久々に、ペンダントの虹色の光を見たら復活したのです。「いいわよ、このペンダントとイヤリングはおかあさまの物にしましょう」と言うと、今度は「わたしに着《つ》けて」と頼みました。胸に着けると母には見えないので、手首にブレスレットのようにくるくるとチェーンを巻いてあげました。するとイヤリングを指して、「それも着けて」と言うので、イヤリングも手首に巻いたチェーンに掛けて留めました。母はクリスタルのぶら下った右手を上げて時々振りながら、キラキラ虹色に光る光を楽しそうに眺めていました。私一人が見るには勿体ないような母の楽しそうな表情でした。

この事に元気づけられて、その後も何か良い物を買ってきた時には母に見せては、「これ一万二千円の物だけど、五千円で買ってきたのよ」とか、「これきれいでしょう」とか言って披露して見せることを続けました。ある時、着替えも楽で着心地も良さそうな、前開きで厚手の綿パイルのドルーマン袖のカーディガンともシャツともつかないような今様のブラウスを母に買ってきました。かわいいほおずき色の朱色のブラウスでした。母は寝たきりになってからは、このような赤い色やピンクなどがよく似合ったのです。そのブラウスを着ているときに、母の妹の叔母が訪ねてくれました。「あらぁ、あねさん、かわいいブラウスを着ているのね」と褒めてくれる叔母に、母は「よう子がね、六百円のを五百円で買ってきたの」と答えたそうです。私が買うものは何でも安くなった物だと思っているのかもしれません。

寝たきりになってから三、四年の事だったと思います。三月の雛祭りが近づく頃、用事で銀座に行った時、鳩居堂に寄るとケースの中に和紙の雛人形が飾られてありました。その中にひときわ美しい小さな五段の雛壇がありました。お内裏さま、三人官女、五人囃子、右大臣、左大臣は言うまでもなく、小道具から橘や桜にいたるまで和紙の手作りで、本当に見事でした。値段は四万円で、その見事な作りとしては安いとは思ったのですが、私には高い額でした。しばらく眺めたあと帰って来てしまいました。帰宅して母のベッドの側に座って、ケースの中に見たすてきな雛人形のことを話して聞かせました。すると母は何ともあどけない顔で、「それ、わたしに買ってくれる?」と頼みました。

「欲しいの?」

「うん。……買ってくれる?」

もし買ってあげなくても、母はきっと明日になると忘れてしまうことでしょう。でも私が何年経たあとでも、買ってあげなかったことを思い出して、雛人形を見るたびに辛いだろうと思いました。義姉に電話で話すと、「おばあちゃまが何かを欲しがるなんてこと滅多にあることではないから、買って上げましょうよ」ということになりました。

早速、翌日午前中に鳩居堂に行ったのですが、あの雛壇はすでになくなっていました。お店の人に話すと、「あれをつくった方の作品は店に出すとその日のうちに売れてしまうのですよ。でも、もう一つつくってもらえるか問い合わせてみましょう」ということになり、そして十日ほど待って、無事入手することができました。

その雛壇を見た時の母の表情は、まさに四万円どころか百万ドルの価値のあるものでした。息をのむような、夢の世界を眺めるような、そのような表情でした。そして時々私を見て、何かを言いたげににっこりと笑い、でも終始無言のままでした。この不思議な表情を義姉にも見せたいと思いました。それで、すぐ雛壇をしまい、数日はそのまま見せないでおきました。義姉が来た時、最初のように母の前に雛壇を出して見せると、あの時と同じ表情を再び見せてくれました。私達が幼い日に見たお人形の不思議な世界が、母のまわりに漂っているように思えました。

この雛壇とクリスタルのペンダントの出来事は、寝たきりになった後に、母が買い物の品物に興味を示した数少ない出来事のうちの一つでした。

テスト

ある日アメリカの友人が、中国からの帰途、飛行機の乗り継ぎのため成田空港で今夜一泊するので、声だけでも聞こうかと思ったと、電話してくれました。しばらくその友人と話をしたあと、電話を切って母のところに戻ってくると、母は私に、「ウエルカム」と言いました。あれ？と思い、「なあに」と聞き返すと、また「ウエルカム」と言います。どうも英語を話しているらしいなと思っていると、こんどは「歓迎っていうことよ」と翻訳してくれました。私とアメリカの友人の英語の会話を聞いて、英語づいてしまったのでしょう。

「あら、おかあさま、えらいわね。英語を知っているのね」

「そうよ。聞いてみて」

つまり、テストしてみてごらんなさいと言うのです。それで、

「それでは『おはようございます』は？」

「グッドモーニング」

「『おやすみなさい』は？」

「グッドナイト」

「えらい。『さよなら』は？」

「グッドバイ」

「それでは、女の子は？」

「ガール」

「男の子は？」

「ボーイ」

「それでは、本は？」

「ブック」

「すごーい。では、猫は？」

「キャット」

「では、犬は？」

「ワン」

大笑いする私に、にやりと笑って、

「ドッグよ、本当は」

と言いました。

この英語のテストが面白かったので、後日友人が訪れた時に再びやってみました。やはり、犬のところにくると、最初は「ワン」と言い、すぐに「ドッグ」と言い直してみせてくれました。そして更にサービスを加えて、「男の子は?」と聞くと、「ボーズ」と答え、訂正を加えて「ボーイよ、本当は」と言いました。またもう一つおまけが付いて、「さよならは?」と聞くと、「アバヨ」と答えました。

テレビで呆けのテストとして、簡単な算術をやってみることが紹介されたので、その数日後、私も母に試してみました。

「おかあさま、1+1は?」

「2」

「1+2は?」

「3」

「3+3は?」

「6」

「えらい。では、5+5は?」

「10」

「すごい。10+10は?」

「20」

「わぁーすごい。では、6+7は?」

「………」

「6＋7は？」

「………」

しばらく黙っていたあと、母は私の顔を皮肉っぽくニヤリと笑って見て、

「試しているな？」

と言いました。

母の物語

寝ついてから間もない頃の母はよく、現実とは別の世界にいたり、昔の世界に戻っていたりして、そこで何やら楽しそうに話していることがありました。私に向かって夢見るような表情で昔語りをする時もあれば、また私がいるのを気が付かないかのように、母の心の中にいる誰かさんに向かって私のことを楽しそうに話していたりする時もありました。母の一生は決して春の日々のような楽なものではなかったのに、不思議なことに、母の物語の世界は夢の世界のように穏やかでした。そして私も母の話を聞いていると、童話の本を読んでいるように心が和むのでした。

でも、そのような話をしたのは初めの三年ほどで、あとは次第に短い話か、あるいは私達との話のやりとりだけになり、八年近くになると、穏やかな顔をして時々にっこりと微笑んでくれたりはするのですが、眠っている時間が多くなり、たいへん無口になりました。体にどことい って悪いところはないとはいっても、やはりどこかが弱ってきたのだと思います。

最初の二、三年の頃に話した母の物語の幾つかを紹介したいと思います。

娘のよう子

母が倒れた当時、私は母の一生が終わるのはそれほど先ではないと思っていたので、毎朝目が覚めて母が側に寝ているのを見ると、ほっとして嬉しく、「おはようございます」と声をかけていました。そのことを多分言っていたのでしょう。あるとき母は、私には見えない母の心の中にいる誰かさんに、こんなことを言っていました。

「朝起きますとね、むすめのよう子がね、にっこりと笑ってくれるのですよ。わたしの顔を見てね、にっこりと笑ってくれるんでございますよ。あれはいいものでございますよ。ほんとうに。にっこりと笑うのでございますよ。とっても気持ちの良いものでございますよ、あれは。……にこっと笑ってくれるのですよ、わたしの顔を見て」

たったそれだけのことを、母は繰り返し繰り返し、夢見るような顔をして楽しそうに話し続けていました。

新茶の季節になると、寝たきりの母に何人かの方から新茶が送られてきました。母の元気だった頃は、もっぱら新茶を入れるのは母の役だったのですが、今は私の役になりました。「あまり上手には入れられないのだけれど」などと言い訳をしながら、お茶を出す私のことを、私には見えない誰かさんに母はこんなふうに話していました。

「むすめのよう子はね、新茶を入れるのがむずかしい、むずかしいと言うのでございますよ。でもね、けっしてむずかしいものではございませんですよ。お湯の温度やお茶出しをする時間を考えすぎるよりもね、『おいしく入れよう』という気持ちになって入れますとね、おいしく入るものでございますよ。そうでございますよ、ほんとうに。でもね、むすめのよう子はね、むずかしいなんて言うのでございますよ」

新茶を入れるのにあたふたしている娘がおかしくて仕方がないように、母は笑いながら誰かさんに話していました。

にしごり先生

母の奈良での学生時代は全寮制で、寮生活は学校での授業と同等、あるいはそれ以上に、大切な教育とされていたようでした。そして当時の寮での教育に当たられた舎監であられた「にしごり先生（漢字はどう書くのか分からないのです）」は名教育者であったらしく、多くの卒業生達の思い出の中に長く生き続けた方でしたが、母もそうした卒業生の一人でした。

いろいろな事をきれいさっぱり忘れてしまった頃になっても、母は自分が奈良女高師の八期生で、寮は三寮の四舎だったことは憶えていました。舎監の先生は「にしごり先生」といわれる立派な先生で、特徴のある話し方をなさったと、その話し方を真似るのでした。

「『そうですよ』と言うときにはね、にしごり先生はね、『そうでやすわ』っておっしゃるの。『こっちへいらっしゃい』って言うときには、『ちょっと、こっちへ来るでやすわ』っておっしゃるの」

「夜おそく学長先生からお電話があった時にね、『寝巻のままで失礼いたしやす』って言ってられたの」

そんな話をしながら、おかしそうにニッコリ笑いました。私が、「立派な先生だったのね」と言うと、

「そうでやすわ」

「あら、おかあさま、にしごり先生になってしまったの?」

「そうでやすわ」

「それでは、また私のおかあさまのトクさんに戻ってください」

「だめでやすわ」

馬に乗ったおとちゃ

母の父である私の祖父は、馬の牧畜の仕事に関わっていた人であったらしいのです。その祖

父の話でした。

「宮様がね、馬をご覧になりに町に来られたことがあったの。その時ね、おとちゃが代表して宮様にご挨拶したんだよ。あのね、紋付《もんつき》と袴《はかま》を着てね、馬に乗ってね、ご挨拶したの。紋付と袴を着て馬に乗ってね、おとちゃ、とっても立派だったよ」

昔のその時を目の前に見るような、うっとりしているような表情で、母は繰り返し繰り返し言うのでした。

「紋付と袴を着て馬に乗ったおとちゃ、本当に立派だったよ。……おとちゃね、とっても立派だったよ」

せもどの叔母さ

祖母の妹で、同じ町に住んでいた母の叔母の話です。「せもど」とは何のことか分かりませんが、母はその叔母さんを「せもどの叔母さ」と呼んでいました。

「何かうちでご馳走を作ったときにね、栗ご飯だとか、餡ころ餅だとか作ったときね、いつも、おとちゃがね、『せもどの叔母さ呼んで来い』って言ったの。

それでね、呼んで来るとね、せもどの叔母さニコニコしてやって来てね、囲炉裏《いろり》の傍に座ってね、背中まあるくしてね、いくつもいくつもおかわりして食べてたよ。背中をね、まあるくして食べてたの」

きょうだい喧嘩

母は十一人兄弟の上から二番目で長女でした。二、三歳下の妹がいて、その妹の話をしてくれました。

「みっ子が小さいとき、きかない子でね、突然バシッとわたしの頭をぶつのよ。急にどこからか出てきてね、バシッとぶつの。わたしが泣くとね、おかちゃがね、『あの子まだ小さくて分からねだから、大きくなってから仕返ししたらええだ』って言うの。

そしてね、紙と筆をくれてね、『一回ぶたれたら棒を一本書いてね、こうやって書いておけばいいだ』って言うの。だから、ぶたれるたびにね、泣きながらその紙出してきてね、一つ、二つ、三つ、四つ、五つ、って棒をひいたの。どこからか急に出て来てね、みっ子バシッとわたしを叩いたの。痛くてね、わたしいつも泣いたの」

そう話している母の顔は、痛かったことも泣いたことも、そのようなことを思い出している顔ではなく、きかなくて小さい妹と懐かしい母を思い出している顔でした。

私は昔、一度だけ母の故郷に連れて行ってもらったことがあります。それで、おぼろげながら母の故郷の家の佇まいや、せもどの叔母さの家を憶えています。母の昔話は私のおぼろげな記憶の中に入ってきて、再び囲炉裏の火を灯し、活き活きと生かし始めるような気がしました。

　そして不思議なことには、母が元気な頃には、このような暖かくチロチロと燃える囲炉裏の火のような故郷の思い出話をすることは決してありませんでした。故郷の思い出がこのように温もりをもったのは、母が寝ついてからのことなのです。かつての母は、生まれ故郷に対しては、その田舎独特のエゴや封建性に批判的な思いを持っていたのです。誰の俳句だったか忘れましたが、「ふるさとは　蠅までわれを　刺しにけり」というのがありましたが、母の故郷に対する思いはそのような気持ちだったのですが。

母の教え子達

　母が学校を卒業して間もない頃の教え子達は、既に八十歳を超えはじめました。その一人である広瀬さんは、今は体も足も弱くなり、母にもここ十年ぐらい会うこともなく過ごしておられました。電話をかけてきてくださった時に、母が寝たきりになったことをお知らせすると、どうしても会いたいと、息子さんに車で送ってもらって来てくださいました。若い時もたいへん美しい方でしたが、いま年をとられてもなお、品のある美しい老婦人になっておられました。

　母を見るとただ、「先生お会いしたかったです」と言ったきり涙を流すだけでした。母も嬉しそうに広瀬さんの顔を見ているのですが、一緒に涙をぼろぼろと流していて、一言も何も言いません。しばらくして、「先生、憶えていてくださいますか、広瀬でございます」と話しかけると、母は何回も頷いています。「先生、広瀬でございます。昔の戸田でございます。憶えていてくださいますでしょうか」。母はまた頷きます。そして懐かしそうに嬉しそうに見上げているのですが、涙がこぼれるためか母は一言も話しません。何も言わないので、母が憶えていないと思われたのでしょう、「先生、広瀬でございます。戸田でございます」と繰り返されるのですが、母は相変わらず頷くばかりです。「もっと早く何とかして来ればよかった」と泣かれるので、私は広瀬さんに、母が頷くときは必ず分かっている時だと説明したのですが、納得していただけませんでした。それで私は母に、「おかあさま、憶えていますよね、憶えていると言ってさしあげて」と頼むと、また何回もつよく頷きます。何遍頼んでも、頷くばかりです。「先生、何か仰しゃってください。先生お分かりいただけますでしょうか」。母はまた頷きます。そのような奇妙な会話が三十分も続きました。

何とも、どうしようもない旧師弟の面会でした。母は遂に一言も話しませんでした。私には、母が憶えていることが分かるのですが、広瀬さんにはそれが分かりません。それでも、泣くだけ泣いたら心も鎮まった様子で、「でもやっぱり来てよかった」と言って、帰っていかれました。玄関でお送りしたあと、やれやれと母の部屋に戻ってくると、母は私に、「あの人も若い時にはきれいな人だったけど、年をとったわね」と沁々言いました。何で早く、その言葉でもいいから、それを広瀬さんに言ってくれなかったのかと思ってしまいました。

母が親しんだ、また別の教え子達がいました。それは終戦後間もない頃に担任したクラスの生徒達で、彼女達が私とほぼ同じ年齢なので、母には娘のように感じられたのかもしれません。また生徒の方達にとっても、学者タイプではなく、母親のイメージの母を、親のように親しんでくださったのでしょう。いつまでも慕ってくださり、卒業後毎年もたれたクラス会には、母も楽しみに一回も欠かさず出席していました。そのクラス会に母が最後に出席したのは、八十五歳の誕生日の一月ほど前、寝たきりになる二ヵ月前でした。

その翌年の、母が出席できなくなったクラス会は、会が終わった後で三十人以上の方達が皆で揃って母を見舞ってくださいました。寝たきりになった母を見たその方達のその時の反応は様々でした。倒れて間もないその頃の母は、赤ちゃん三分の一、大人三分の二の状態でした。一人一人の名前や背景をまだ憶えていて、それぞれに適った対応をする母に、「先生は私のことみんな憶えていてくださった」と言って喜んでくださる方がいるかと思えば、入歯を外して顔が小さくなってしまった母を見て涙をポロポロ流す方がいたりでした。実は、入歯を外していたのは、入歯が痛いと母がしきりと言ったので、私が苦痛の原因はできるだけ取り除いてあげたいと思い、外してしまっていたのでした。母の小さくなった顔は、私には楽《らく》そうな顔に見えていたので、まさか生徒の一人を泣かしてしまうとは思ってもみませんでした。またある方は、「今年は学校の百年祭を祝いました」と報告すると、母は「わたしも百歳になったのよ」と言ったので、それを聞いてその方は茫然としていました。母は昔から自分の年を少し多く言って、人から若い若いと言われるのが好きだったのです。それを今、少々、数の観念に異変をきたしている時にやったので、年数が少し多くなりすぎただけなのです。そのようなチグハグ事件には慣れている私には大した驚きではなかったので、ショックを受けているその方を見て、逆に私が吃驚するやら、おかしいやらでした。

でも後になって、私も、その方達の思いを理解していなかったのだと分かりました。その時に訪問してくださったクラス会の中の一人の方が、それから一年ほど経た後、私に手紙をくださり、正直にその時に思った気持ちを書いてくださいました。

その手紙には、あの時、彼女の中に生きて刻まれた恩師である母の姿とは遠い姿を見て、ただ悲しく、心塞ぐ思いであったこと。しかし一年を経てようやく、小さく愛らしくなった母の姿を彼女の中に、生き生きとした良きものと容認できるようになり、柔和な母の顔を神々しいと、やっと思えるようになったと詫びて綴られてありました。

私は母の姿がかわいらしいと思うのが当たり前だと思っていました。でも、その手紙を読んだ時に、人にはそれぞれの感じ方や道程のあることを知らされたのでした。後日その方に用事があり電話した時、母の健やかにしていること、私もけっこう看護を楽しくやっていることを伝えると、「有り難うございます。よろしくお願いいたします」と言われたのが印象的でした。母を自分の親のように思っていてくださるのだなと知りました。

そのクラスの中にはいろいろな方がいました。近くを通るたびに、母の様子を見に立ち寄ってくださるだけでなく、看護をする私が食べるようにと、おいしいお惣菜のようなものをいつも持って来てくださる方もいました。

また、ある方は卒業後、日本茶の研究を続けておられ、遂に北大で博士号を取られたのですが、その時の博士論文を、今は理解することも評価することもできなくなっている母に、わぎわざ持ってきてくださいました。更にその数年後にも、同じ分野の研究をしておられる御主人と共著の論文集を出された時も、その本を送ってきてくださいました。送られたその本を私が母の見えるように頁を繰ってあげると、母は子供が絵本を見るように、ところどころにあるお茶の葉の写真を眺めたり、丸みのある白いお茶の花の写真を指して、「きれいね」と言ったりしていました。

寝たきりになった母を訪問する、その教え子達の賑やかな訪問クラス会は三年続きました。しかしやがて、母の出られなくなったクラス会は、地方に住んでいるクラスメートを訪問する旅行クラス会に変わっていき、母の許を離れて行きました。

すてきな事件

お空が見える

寝たきりになってから四年目ぐらいの初夏、母が風邪をひいたので、ホームドクターから抗生物質のお薬をいただいて飲ませたことがありました。そのあと風邪がやっと治ったと思った頃、今度は真っ黒なタール便が沢山でました。急性の胃潰瘍です。実は、抗生物質の薬は母が飲み込むことができなかったカプセル入りだったのですが、そのカプセルが胃壁を薬の刺激から守る役をしていることを知らなかった私が、勝手にカプセルから中の薬を出し蜂蜜に混ぜて飲ませていたのが原因だったと思います。

直ちにホームドクターは先輩の経営している病院に入院の手配をしてくださいました。我が家で甘やかしている母ですので、一人では途方に暮れるだろうと、看護のために私も病院に泊まることをお願いすると、難なく許可されたことは幸いでした。個人病院なので完全看護という拘束がなかったからです。すぐ翌日入院することになりました。そして我が家にいる時と同じように、看護しながら私はそこから仕事に行き、私の留守の間は今迄と同じ看護の人達に病院に来ていただくことにしました。そのように手配したあと、私は母に入院することを告げました。「おかあさま、おかあさまはね、お腹の病気になってしまって入院しなくてはならなくなったの。私も一緒に入院するから、明日病院に入りましょう」と言うと、母は全然不安がらずに承知してくれました。痛みはあまりないらしく、急性だったので顔のやつれもまだありませんでしたが、貧血のため顔色は蝋のように青ざめていました。

当然私は翌日は休講にして、義姉と母の妹である叔母も来てくれて、同じ寝台自動車で病院まで一緒に行くことになりました。車が到着の前後、私は病院に持っていく物を調べたり、留守にして空ける家の中のことをチェックしたりに忙しく、担架で母が車の中に運ばれる時の様子は見ていませんでした。私が母の様子に気付いたのは、母の脇にある車の席に座った時でした。私の顔のすぐ脇に、担架の上に横たわっている母の顔がありました。輝くような笑顔で私の顔を見たり、外の景色を見たりしていました。何とも不思議な笑顔でした。久しぶりに見る外の世界が、懐かしくて嬉しくてたまらないという様子でした。これが緊急入院する者の顔とは思えない笑顔でした。

後日、あの日母が担架で家を出てから車に乗せられる迄の様子のことを義姉が話してくれました。母は家を出て、外の空気に触れた途端、にっこりと微笑んだのだそうです。そして青く広くひろがる空を眺めまわして嬉しそうに、それはそれは嬉しそうに目を輝かしたのだそうです。その不思議なほど幸せそうな母の顔を見て、叔母と義姉は母が必ず癒やされて、再び家に帰ってくることができるに違いないと話し合ったそうです。母は何を感じていたのでしょうか。こんな街中にもある空の大自然を感じていたのでしょうか。私達が汚染されているからないと思いこんでいた、空気の爽やかさを感じていたのでしょうか。あるいは人間の生活の活気を感じていたのでしょうか。胃の中の出血のために蝋のように青ざめた顔で、輝くように微笑んでいた母の顔は不思議でした。

落雷と停電

これは母が寝たきりになってから八年目の夏の事だったと思います。ある夏の夕方、激しい雷雨が始まりました。私には少しおかしい性癖があって、雷雨や暴風がやってくると何だかわくわく嬉しくなってくるのです。でも母が雷を怖がるといけないと思い、側で雷の童謡などを歌って聞かせていました。

かみなりさまは
なぜなぜ鳴るの
空のお掃除、ゴロッ、ゴロッ、ゴロッ

あとから雨がザーッ、ザーッ、ザーッと、けっこう楽しんでいました。そのうち、その雷はゴロッ、ゴロッ、ゴロッなどというものではなく、雨もバケツをひっくりかえしたようなものになってきました。母も吃驚している様子で、不安のためか目がだんだん大きくなってきました。私はこれは少したいへんだなと思っていると、ドカーン、バシッという大音響を立てて雷が落ち、すーっと電灯が消えてしまいました。窓から見える外の建物の灯りや街灯も消えて、真っ暗な世界になってしまいました。雨の中を走る車のライトだけが唯一の光です。

すぐに柱に掛けてある大きな懐中電灯を点けて、数分待ちましたが、停電はそのまま続きました。さあたいへん。モーターで空気を送っている床ずれ防止用のエアマットが止まってしまった。暑さに弱い母にとって不可欠なエアコンも止まってしまった。冷蔵庫の中の物も駄目になる。それ以上に、一週間分の母の食事が入っている冷凍庫の中の物が解けたらどうしよう。私はパニック状態になりました。どうしよう、どうしようと焦ったって、冷蔵庫、冷凍庫の中の物はどうしようもないのだから諦めて、母の床ずれを防ぐことと、暑さから守ることだけを考えようと、自分を落ち着かせました。押し入れの中から空気を入れて使う円座を引っぱり出して、母の腰の下に入れました。またクリスマス用の大きなキャンドルを三つ灯して、部屋を少しなりとも明るくしました。それから、薬屋さんから先日おまけでもらってきた団扇《うちわ》があったことを思い出して、それを取ってきました。

昔だったら、停電したら蝋燭《ろうそく》を一本点ければ事が済んだのに、やれやれ文明生活とは、何と不便なものかと思いました。床ずれから守るためには、一時間おきに体位を交換することにして、まずは涼しくしてあげようと思い、団扇で母に風を送り始めました。「雷が落ちて停電になってしまったから、こうやって涼しくしましょうね」と言いながら、キャンドルの薄明かりのなかで母の顔を見ると、意外なことに、母は楽しくてたまらないという様子でにこにこ微笑んでいました。私がパニクって慌てて動き廻っている間、一方の母はきれいなキャンドルが灯されて何やらが始まりそうなのを楽しんでいたらしいのです。おかしくなってしまいました。「楽しい?」ときくと、「うん」と言いました。おかしいやら、ほっとするやらで、急に力が抜けてしまいました。

昔、幼かった頃、夏になって蚊帳《かや》を吊った最初の日の興奮。あのような気持ちで母は今いるのかしら、と思いました。私の送る団扇の風を受けながら、母は好奇心と冒険心いっぱいのような目で、私の顔を見ながら微笑んでいました。こうした母の好奇心、冒険心、遊び心はどのようにして出現したのでしょうか。このような心は、いま母がながい年月を経て再び取り戻した童心の一部分なのでしょうか。少なくとも私が憶えている、子供の教育やら生活に忙しかった母のなかには見られなかった姿でした。

停電は一時間半ほど続きました。母はその間ずっと好奇心いっぱいでした。そろそろ体位交換しなくてはいけないけれど、そうすると後ろ向きになってしまって窓側を向いてしまい、このすてきな顔は見られなくて残念だなと思っていると、停電は終わり、電灯が点きました。数分間は母はまだ楽しそうに微笑んでいましたが、間もなく普段の顔に戻ってしまいました。

テレビのこと、音楽のこと

母が寝たきりになって間もなくの頃、テレビをなるべく見せるようにするといいと聞かされたので、それを実行していました。テレビは母の部屋に置いてあります。ある日、私の好きな「刑事コロンボ」があったので、息抜きにとテレビをつけました。コロンボ刑事の物語はいつも殺人のシーンで始まります。数分見た頃、母が私を呼びました。「よう子ちゃん。あなたどうしてわたしにこんな怖いもの見せるの?」と、何とも切なそうに訴えました。私は慌ててテレビを切り、謝りました。

この時以来、私が見たくて母には良くない番組がある時は、ビデオに録画しておいて、母が眠った後、ヘッドホンをつけ音を出さないようにして見るようにしました。湾岸戦争の時のニュースもそのようにしました。老人問題の番組も同じでした。大抵はこの問題は楽しい問題として扱われることはないので、母を傷つける恐れがあるように思われたからです。こうした理由から、我が家ではビデオはなくてはならない必需品でした。

母が子供のようになってから好きだったテレビ番組で私の意外だったのは、「いじわるばあさん」でした。何年か前のものが再放送された番組で、青島幸男がいじわるばあさんを演じたものです。楽しい意地悪をしたり、あわてたり、ずっこけたりのあの番組を見ながら母はキャッキャと笑って楽しんでいました。欽ちゃんの番組も好きでした。かつての母なら、どちらかというとあまり評価しない類の番組だったのですが、どうなったのでしょう。母の身についていた所謂《いわゆる》「大人の構え」のようなものが取り去られて、素直になったのでしょうか。それとも、「いじわるばあさん」にも欽ちゃんの番組にも、悪人がいないのが母には楽しかったのでしょうか。

「まんが日本昔ばなし」は母だけでなく私も楽しんだ番組です。同じような番組だから母にいいだろうと私が思ったのが「世界名作アニメ」でした。当時フジテレビで、日曜日の夕方、「宝島」「トム・ソーヤーの冒険」「赤毛のアン」等の名作がアニメにされた番組でした。(「足ながおじさん」が余りにも原作と違っていて現代風になったので、それ以来つまらなくなり、見るのをやめましたが)。ある年、この番組で「小公女」をやっていました。ところが、あの物語は主人公が苦労して、それはそれはかわいそうな物語です。テレビを見ていた母がしゃくりあげ泣きながら私に言いました。

「かわいそうに。……どうしてこの子はこんな目にあわなくてはいけないのかしら。……こんなにやさしい子なのに。……なんにも悪いことなんかしないのに。……どうしてこんなに苦労しなくてはいけないの。……かわいそうに」と、母は泣きじゃくりました。これは母の精神衛生上、良いことなのか、悪いことなのかと、私は考えこんでしまいました。

比較的人畜無害と私が思って、見せたら駄目だったものに「水戸黄門」がありました。理由は、悪人が登場すること。こうなると母の見られるテレビ番組はなくなってしまいます。ドキュメンタリーは大丈夫かなと思うと、滝が出てくると「濡れる、濡れる」と騒ぐし、大きな木が風に揺らぐと「危ない、危ない」と怖がるし、どうにもなりません。テレビを止めると、けろりとしています。やれやれ、もう何を見せたらいいのか分からなくなってしまいました。

こんなこともありました。母の食事のペースは遅く、一時間半ぐらいかかります。それで、私自身の気持ちをのんびりとさせるため、ニュースか何かのテレビを見ながら母に食事を与えていました。すると母は何かを催促するように「うぅ、うぅ」と言います。何かな? と思って、母の顔を見ると黙ります。それでまたテレビを見ると、「うぅ、うぅ」と言います。「どうしたの? 何か用?」と聞くと、「こっちを見ろ、……好きならば」と言いました。つまり、私が母を愛しているならば、母の方だけを見ていろという催促だったのです。

母が絶対に怖がらない、また嫌がらない、私の母への注意が逸れるおそれがない、等々、あれやこれや考えて、母のための番組選びで私の決着した解決法は、我が家の「名曲アルバム集」を作ることでした。NHKで時々流される音楽と風景の「名曲アルバム」の番組をつないでビデオに録画しておき、母用のテレビにすることでした。こうして、我が家には三本の「名曲アルバム集」のビデオができました。これはちょっとした保存版ビデオになりました。母はまちがいなく、このビデオは楽しんでくれます。そして「やっぱり、音楽は洋楽がいいわね」などと生意気なことを言っていました。

母が「音楽は洋楽がいいわね」と言ったことから、私が考えさせられたことがあります。よく老人ホームなどの様子がテレビで紹介されますが、そこではよく、みんなが一緒に演歌を歌わされているのが見られます。もし母があの中の一人だったら、一緒に楽しむことができただろうかと疑問に思います。あるお年寄りは演歌が好き、あるお年寄りは邦楽が好き、あるお年寄りはクラシックが好き、またあるお年寄りは民謡が好きという具合に様々ではないでしょうか。一人一人の好みを大切にしてあげたいと思います。

母は音痴ながら、よく私達といっしょに歌を歌いました。寝たきりになって間もない頃、私が仕事をしながらヨハン・シュトラウスのメロディーをハミングしていると、母もそれに合わせて上手にハミングしました。私が感心して「あらおかあさま、難しい歌を上手に歌えるのね」と言うと、「あなたと心を一つにしていると歌えるのよ」と得意そうに答えました。心を一つにするコツを、母は知っていたのでしょうか。しかしヨハン・シュトラウスは例外というべきで、母と私達看護する者達の専らのレパートリーは讃美歌と昔の童謡でした。私が讃美歌を歌うと、嬉しそうに私の顔を見ながら、かわいらしく口を開けながら歌います。また看護の方達が、母の側に置いてある義姉がプレゼントしてくれた「歌の絵本Ⅰ・Ⅱ」（芥川也寸志編・安野光雅絵）の中の歌を歌うと、絵を眺めながら一緒にいつまでも歌いました。

しかし、言葉で歌うことができたのは八年目ぐらい迄でした。それ以後は「うーうー、うーうー」というハミングで合わせるだけでした。音はますます音痴になっていきましたから、知らない人が聞いたら、唸っていると思えたかもしれませんが、それは明らかに歌っているのでした。看護の方達は皆ほとんど最初のときから看てくださった方達でしたので、母の「うーうー」が歌であることをみんな分かっていました。

その「うーうー」と歌うこともしなくなったのは十年目にはいって間もなくの頃でした。運よく、母の歌が消えるぎりぎり前の頃、ある日看護をしていてくださったMさんが、母との合唱をテープレコーダーでとってくれました。そして、それが母の歌の唯一の録音テープになってしまいました。なぜもっと早くから、記録として母の歌をテープにとっておかなかったのかと悔やまれるのですが、母が歌えた時には、私達は歌わせることに一生懸命で、録音することなど考えなかったのです。それに、母がいつまでもいつまでも歌ってくれると思っていたのでした。

先生、お母様をお大切に

大学の授業で、現代アメリカの女流作家であるウエルティの短編小説『デモンストレイターズ』を読みました。たいへん読み応えのある小説でした。アメリカ南部の町の話で、ある一人の町医者の目をとおして、人間が自分の持つイデオロギーや思想の故に、憎まなくてもいい者を憎み、傷つけなくてもいい者を傷つけていき、平和を生み出すべき主義主張が不和を生み出していく人間の姿を描いたものでした。

この物語の中に、主人公の町医者が小学校時代に教えてもらった老婦人が出てきます。この小さな町で何世代にもわたって小学校の教師をした老婦人は、今は少しぼけていて寝たきりになってはいるが、昔ながらの単純な良識をもって、良いことは良い、悪いことは悪いと、素朴に事を判断していきます。昔憶えた文学の名句などをしっかりと今もなお憶えており、それを朗々と暗唱する時の顔は活き活きとして若々しくさえあり、顔の皺もすっかり消えてなくなってしまうのだ、と描かれてありました。

この小説の最後で主人公の町医者が、「今となっては、この町で自分を処していけるのは、あの年老いた先生だけではないだろうか」と一人思うところがあるのですが、そこを読んだ時に、母のことを学生達に話して聞かせました。たしかにぼけてはいるのだけれども、様々なことを感じたり言ったりする母の話を、若い学生達はいつもよりずっと熱心に楽しそうに、時には大笑いしたりしながら聞いていました。楽しそうに聞いてはいるけれど、若い彼らが母の老いの姿を、人の老いの姿を、どのように理解できただろうかと私は内心疑っていました。

一年間の授業が終わり、最後のレポートを提出させ、それを読んだ時、私は学生達の何人もの者達がそのことに言及しているのを知って驚き、嬉しくなりました。次の世代に希望を託せるような気がしました。一人の学生はこのような意味のことを書いていました。

「『デモンストレイターズ』の中に出てくる年老いた昔の先生のことが、短い登場なのになぜか印象に残りました。それというのは、僕の祖父がそのような状態で今いるからです。以前祖父が元気だった頃遊びにいくと、厳格そうで、何だか近寄りがたい感じがして、あまり親しめなかったのです。でも寝たきりになった今訪ねて見ると、前とは違い温和な顔をしていて、ぼけてはいても温か味があり、側にいたい気がするのです。先生のお母さんの話を聞いて、(ああ、おじいさんに起こっていることはそういう事なのか)と分かりました」

また別の学生は、レポートの最後に、PSとして、こんな通信文が書き加えてありました。

「英語で書かれた小説を原文で読んで楽しむことを学べたのは私にとっては新しいことでした。でも、それ以上に先生が横道に入って話してくださるお話が楽しみでした。特にお母様のお話は心に残りました。
一年間の授業ありがとうございました。先生、お母様をお大切に」

母の語録

何人かの友人に勧められるままに、「下り坂」「紅葉のとき」の章の原稿を書き終えたとき、この本を書くことを勧めてくれた友人の一人に原稿を読んでもらいました。その友人が言うには、面白かったけれども、私から折にふれて聞かされていた母の面白い言葉がもっと沢山あったはずなのに、それが書かれていない、ということでした。それで古い看護日誌を読み返してみました。毎日看護者が代わるので、私達は母の状況を連絡する必要から、その日その日の看護日誌をつけていたのです。それを読み返してみました。なるほど、すっかり忘れていた母の名台詞《せりふ》が沢山ありました。

寝たきりになってから時を経るに従って、母はだんだん言葉少なになってはいきましたが、最初の頃は毎日のように面白いことを言っていました。それで、最後の章として、そうした母の言葉の興味あると思われるものの幾つかを、時を追って「母の語録」として紹介することにしました。「下り坂」「紅葉のとき」の中で書いたことは、この章ではその旨を記して省略します。

母が倒れたのは八十五歳の一九八二年（昭和五十七年）の一月十二日でした。母の誕生日は十二月四日で、両方とも一年の区切りである一月の一日に比較的に近いので、この語録の章では一九八二年全部を一年目、母の年齢は八十五歳、次の一九八三年を二年目、年齢は八十六歳という具合に、多少おおざっぱですが、理解していただければいいと思います。

また、母が召されたあと見つけた日記のようなものがありましたので、それも、「母の語録」のはじめの部分として書き加えておきたいと思います。「日記のようなもの」と私が言う理由は、それには月日は記入されてはいるが、正確な年の記入が殆どのものにはなく、また日を追って書かれたものでもない、何やら日記のような、メモのようなものだからです。多分、寝たきりになる四年前頃から一年前頃までのものだと思います。

当時は私達が心から敬慕した丹羽鋹之牧師を亡くし、天に送った前後の頃であり、メモ日記には、母が私の気付いていたよりもずっとはるかに憂鬱《ゆううつ》というものに悩まされていた様子が書かれてありました。それは牧師を失う悲しみも当然あったと思いますが、老いの時期にまとわり付くといわれる類の憂鬱ではなかったかと思います。メモ日記の四割ぐらいがそうした憂鬱に悩まされていることの記事、四割は写経ならぬ写聖句（聖書からのいろいろな言葉をただ書き写したもの）、あとの二割ぐらいは可愛がってはいたが、少々不良がかっていることが心配でたまらなかった孫のあきのことやら、私の悪口、その他の人の悪口などでした。以上のような記事のメモを、私の推測で時を追って並べてみました。聖書の句を写したものは省略します。少々不良がかっていた孫の記事は、今では彼女はまともな大人に成長したので、本人は気にしないでしょう。私の悪口は差し障りないので入れますが、他の人の悪口は、相手の人に申し訳ないので、省きたいと思います。

どちらかと言うと、暗い感じの母のメモ日記を読んで思うことは、これを書いた時期のすぐ後の、脱水症状をもって始まった母の「老いの別境地」が図らずも「憂鬱」の幕引きの役を果たしてくれたという不思議な事実です。脱水症状の昏睡状態から目が覚めてみたら、母はかわいらしく明るい「大きな赤ちゃん」になっていたのです。たしかに現実からずれたチグハグなことを言うのですから、あれは「ぼけ」という状態なのでしょう。でも、「ぼけ」と一口で呼んでしまうには余りにも勿体ないような「別境地」でした。母のほかにも、そのような状態で人生の最後の時期を過ごした何人かのお年寄りの例を聞いたことがあります。

前にも私は「ぼけ」というものを「人の老いの苦しみを和らげる神の摂理」と書きましたが、あの暗さから明るさへとの変わる様《さま》は、確かに「老いの憂欝」の幕引きを果たす「神の業《わざ》」であるとしか、私には思えないのです。その明暗の対比を見ていただくためにも、メモ日記の一部を「母の語録」のはじめに読んでいただきたく思います。

倒れてから九年目頃からは母はだんだん無口になっていき、最後の年の頃は殆どおしゃべりはしなくなっていました。でも、顔の表情でいろいろなことを言っていました。母の数々の語録に合わせて、言葉ではない、そうした様子も日誌の記録者の言葉で記してあります。言葉を通し、仕草を通し、あるいは顔の表情を通して、年老いた者が私達に向かって語ろうとしていることを感じ取ってあげたいと切に願います。女優の高森和子さんが、彼女のお母様の晩年を看取ったときのエッセイを書いて、その本の題名を『母の言い分』としておられます。自分の言い分をしばし傍らに置いて、年老いた相手の言い分に耳と心を傾けるときに、いろいろなことが聞こえてくるのではないでしょうか。

母のメモ日記から

一月一日
朝六時半の早天祈祷会に出席。帰宅して丹頂鶴のテレビを見る。それと「野菊の如き君なりき」も。

一月三日
二時にニューイヤー・オペラコンサートを見る。四時に「羅生門」、十時に「旗本退屈男」

一月四日
十二分に眠りを頂き、心地よく起こして頂いたのに、七時前。それに、昨日迄のような暗さ重さの微塵もない明るさ。神様イエス様に感謝。
丹羽先生の聖書講義のテープを聴く。
祈ることは、やっぱり丹羽先生の御全快。

一月五日

朝充分に眠るだけ眠って、もう遅かろうと思って起きたら、まだ八時前。それに今日も誠に心地よき明るさ、有り難うございます。感謝。今日という時を全て神様の御手の中のものとして従いて行くためには何をおさせくださいますか。

祈ることは、丹羽先生の御全快のみ。

二月十七日

どんな事も、よう子に従う決心。但し、形だけ。（気持ち悪い故）（たとえばストーブの事）

（註）「ストーブの事」とは、母の部屋に置いてあるオイルヒーターとホットカーペットでは物足りない母が、私の部屋に置いてある石油ストーブを、自分では火が点けられないので点火したまま持ち運んで行くのを、私が叱ったことを怒っているのだと思います。

二月二十五日

「互いに思うことをひとつにし、高ぶった思いをいだかず、かえって低い者達と交わるがよい。ロマ書一二章一六節」Tさんに手紙を書こうと思ったが、高慢なあの息子のことを憶うと、腹が立ってきた。私自身こそ真に悔い改むべきを思わされ、心から主の直接の御力を頂くべきと願わされた。ほんとうにお助けください。どうぞ生まれ変わらせてください。

三月二十七日

晴天。早朝起床。なにかしら丹羽先生のお留守の教会では、寂しいイースターであった。やがては近く我が身も召天するべき身。準備は如何。唯々、信仰完備を願うのみ。読書多し。「憩いのみぎわ」、聖書。

四月三日

昨夜よりの大雨のせいか憂欝が胸いっぱいに広がって寂しい。昨日の宮内ますえさんの記念会も、ますえさんらしく終わった。いよいよ自分の終わりを思う。信仰のなさに泣きたくなる。嫌いな人間が頭の中にいっぱいいる。ただ最も身近に、やちよ（義姉）とよう子のいるのが感謝。頼みとする丹羽先生の御容態は愈々《いよいよ》分からない。最早、頼るは主のみ。どうか再度、講壇にお立たせ頂きたい。

四月六日

丹羽先生の状態、いよいよお悪いよし。唯々イエス様に祈るのみ。再度立たれて御言葉を取り次がれることを願い、祈るのみ。

四月七日
丹羽先生のお見舞いに切に上がりたい。お寝巻を持参して。でも叶《かな》わぬ。

四月十八日
丹羽先生、午前九時二十六分御召天のよし、高野米子さんより聞く。ただ泣けて泣けて仕方なし。如何に御寿命とはいえ、指導者を失った悲しみたとえようもなし。今は信仰一筋、主を悦ばせることによって、先生をよろこばせよう。涙は止めどなく流れる。然《しか》し、先生は新しい命の中に、天の主のもとにおられる。

五月十四日
ペンテコステ、母の日と重なる聖日で、感謝限りないはずなのに、然しやっぱり先生の召天された後は、限りなく寂しく、心の空しさを覚え、涙も出ないほど悲しく、祈っても祈っても満たされない。然し、この渇きを主に直接癒して頂きたい。また退職前から願っているように、信仰だけは、いや、信仰こそは人生のすべてと思いますから。この信仰をはっきりとさせて頂き、然る後、天に召して頂きたいと、主にお願い申します。一時《いっとき》も間断なく、主から直《じか》に、み言葉を通してでも何ででも愛を受けたく切に祈る。

五月二十八日

教会で礼拝、「紅葉会」に出た後で、よう子と二人で地下鉄の外苑前に着いた。それからあきが買って欲しいと言うブラウスのある洋服屋に行って見た。気も動転する思い。どうしてあんな物を好む迄に荒《すさ》んでしまっていたのだろう。ここまで放《ほお》って来たのだろう。親の責任は重い。すまないでは済まない。胸が張り裂ける思いだ。どうしてまだこんなに小さい人間を手をつけられない所まで落としてしまったのだろう。悲しいとも何とも言いようもない。どんな事をしても真人間に戻して頂きたい。どのような犠牲でも払いたい。イエス様に縋《すが》らせて頂きたい。まさかここ迄きているとは夢にも思わなかった。ああ悲しい。

五月二十九日

昨日の続き……分かっていても手をつけなかった親の罪は大きい。余りにも体裁《ていさい》良すぎはしないか。何ともあきの魂に申し訳ない。イエス様、憐れんでください。先ず第一にあき自身がどうしようもない者になっていることを自覚させる事と思います。あきをお救いくださ い。

(註) 母を打ちのめしたブラウスとは、やけに派手なアロハシャツでした。そして母が責めているあきの両親である兄も義姉も、実は母以上に悪戦苦闘していたのですが。

六月二十一日

何日から読み始めさせて頂いたか忘れたが、今日の午後四時二十分を以て、この素晴らしい本を読み終えさせて頂いた。感謝。でも、頭の中を駆け廻る悪い思いは取り去られない。なお今日からは新しい本、「ほんとうの祈り」に入る。

七月十九日

今日より、ちゃんとした生活に入ることを願ったが、やっぱり働き過ぎて疲れて、暗さのみにて過ごす。

七月二十日

起床六時七分。常に幼子の如く、度を越さず働くべし。絶えずサタンは側近く寄りて足を引き、暗き重き憂欝に引きずり込む。静かにみ言葉によりて本来のいるべき所に帰るべし。静かに眠りをとるもよし。また朝七時三十分頃、休む。何のかんのと言っても自由。二時頃仕事につく。頭も冴えて有り難い。「とこしえにいます神はあなたの住みかであり、下には永遠の腕がある（申命記三三章二七節）」救いにあずかった者の恩恵なり。また三時頃横になり、五時頃から夜の行動に入る。また頭が重く、心寂しさを感じる。よう子外出先より、関山のお寿司買って帰ると電話がある。

七月三十日

聖日なるに、まわりの者の勧めで、家にて聖日を守る。マタイ伝二三・二四章を拝読。「天地は滅びるであろう、しかしわたしの言葉は滅びることがない（二四章三五節）」

八月四日

今まで感じたことのないほどの暑さで苦しい。また今まで覚えたことのない疲れ方で辛い。しかし、今までにやったことのない怠け方。疲れるとすぐベッドに横になる。やっぱり責任を持たない有り難さ。それに、その怠けることを側でよう子が勧めてくれる。元気を取り戻しては、予定の仕事にかかる。しかし長続きしない。寝たり起きたり、寝たり起きたりの繰り返しで、話にならない状態。散らかしては片付け、散らかしては片付けで、これで終わったら情けない。

詩篇二三編とイザヤ書四六章三・四節拝読。

八月二十日

昨日から、この世に在ることさえ、この上なく寂しく思う。神様に申し訳ない。でも身近な者達が心つくして私の恢復を願い、幸せを願っていてくれるのは、涙の出るほど嬉しく、感謝なり。今日は聖日。静かに神様に祈るのみ。
明日からあきが来てくれるよし。どうぞ主の子としてください。お導きください。

八月三十一日
七月八月の酷暑も今日で終わるのかもしれない。脳血栓の兆しも完全に癒やされたよし。神様に感謝する。この後は神様より戴《いただ》いた体を大切に大切にしていこう。膝だけは痛みのため歩行困難。上野かよちゃんに来てもらおう。

九月三日
聖日なのに、膝の痛みで教会にも行かれない。なぜ寂しいのか、たまらなく心は暗い。イエス様に申し訳ない。昨夜、千春を呼んであきのことを話したが、解決にはならなかった。誰のせいにして咎《とが》めたならよいだろう。神様、あの小さき罪人を赦し、救ってください。そのために唯々祈らせてください。私までこんなに暗いとは。
（註）千春は母の孫娘で、あきの姉。

九月十五日

敬老の日。『旧約聖書一日一章』(榎本保郎著) よう子とやちよから贈られる。有り難くって、嬉しくって、この本を読み終える迄はこの世に生を置かせてくださいと祈る。

九月十九日

空が澄み、いつになく外は静かなのに、なぜこんなに寂しいのでしょうか。今日も新しい心で『旧約聖書一日一章』からみことばを頂く事を楽しみに起きたのに、沈みかけるほどの寂しさ、涙も出ないほどの心境。どうぞイエス様ここから救い上げてください。助けて満たしてください。切に御霊の導きを祈るのみ。

十月五日

誠に罪人なる私は、イエス様が来てくださらなかったなら、このまま朽ち果てた人間として滅びるよりほかなかった者が、神様とイエス様を信じる事のみによって勿体なくも神の子とせられ、申し訳ないほど有り難く思います。肉の自分を思うとき、一から十まで人を害することのみ考える者。

十月十日

あきの運動会の日。それに丹羽先生の納骨式の日なのに外出叶わぬ。御生存だったら、どんなにか先生を通して恵まれたことであろう。今はただ主に頼るのみ。榎本保郎先生の『旧約聖書一日一章』に出合い、唯々感謝。生のある間に読み終え、御手の中で生を終えたい。残るよう子、浩也一家、淳而一家の信仰にある幸福を祈る。

十月十六日

昨日の二十五年卒のクラス会は楽しみでもあり、苦労でもあった。笹川さん、三浦さんをはじめ遠くからも沢山来られた。心のありったけを尽くして長岡さんにも悦ばせてあげたかったのに、できなかった。皆さんからいろいろ沢山のお土産を頂く。自分の心の小ささを感じる。この世も天国も神の統《す》べ給《たま》う所。信仰にあって、明るく日々を送りたい。一切を主に従って、幕屋の造営（神の在ますこと）の証しにさせて頂きたい。

十月十八日

先ず、最低の自分にも腹が立つ。十時近くになってノコノコとやって来るやちよにも腹が立つ。偉そうに喋りまくるよう子の奴にも腹が立つ。落ち着いて本を読むことも何にもできない。言いたいが、言うだけ馬鹿らしい。膝さえ痛くなければ、何処かへ飛び出したいが、それもできない。不快千万。

（註）たしかこの日は、一週間に一度来てくれていた義姉が遅く来たので機嫌が悪く、それを分別くさく私が諭《さと》した時のことだと思います。体の弱い私にできないことを母は義姉には頼めるので、この日をとても待っていました。

十一月三日

今日は気持ちよかった日。夜、映画の「サウンド・オブ・ミュージック」を見る。音楽も話も良かった。

五月五日

「働こうとしない者は、食べることもしてはならない」（Ⅱテサロニケ三章一〇節）

頭も体も働こうとしない者には、神の恵みも与えられないのかなあと思う。

六月二十四日

朝、富田つや姉召天のこと教会から報せがあった。突然の死に泣けて泣けてしかたがない。いずれは天にてお逢いできようが、何か少しは予告が欲しかった。まだ共に導かれていかれる友と信じていたのに。

八月十三日

よう子はあきの反抗にすったもんだの授業を終え、それでも二人して西武美術館の熊谷守一氏の展覧会に行った。そのあと、あきはすましで千葉の花火に行った。よう子と二人で夕食を済ます。

（註）当時私はあきに英語を教えていました。些か不良がかっていて、心ここに在らずの彼女に勉強を教えることは、文字どおり取っ組み合いをしながらのレッスンでした。
千葉は義姉の実家のある所。

八月十四日

朝、起床しても何にも張りがない。仕事の予定も考えたくない。曾《かつ》てこのようなことなし。よう子はパーマに行く。午前午後と眠りとおし。やっと頭が軽くなったのは午後四時過ぎ。夕食に野菜の精進揚げをよう子が作ってくれた。美味。

九月二十九日

何一つ人のために良い事も役に立つ事もし得なかったのに、多くの方々からこうも愛の御行為を頂くなんて、何ともったいなく感謝かしれません。唯々頭をすりつけて心からお礼を申し上げるだけです。

看護日誌から

「よう子さんへ、連絡ノート一冊御用意ください」という伝言が、午前中に母を看護してくれたTさんから残されていました。いろいろな事に気が付き、いろいろな事を命令するので、有り難いけれども少々おっかないという意味で「小姑さん」という渾名《あだな》をつけていたTさんからの伝言です。四月の末の頃でした。母が倒れて以来の四ヵ月、毎日の看護の事だけで頭がいっぱいで、看護日誌のことは思い付きませんでした。

「五月六日　よう子
　明日小姑さん来る予定。ノート大慌てで購入」

という記録で、以来十二年間続いた看護日誌が始まりました。

そういうわけで、最初の四ヵ月の記録はありませんが、その間に起こったことの幾つかがこの本で既に述べてある「下り坂」の章の「私の傍にいる人は良い人」「最後のお花見」「お医者さまのこと　I」などです。日誌の目的が看護者間の連絡でしたので、内容の殆どが母の健康、食事に関するものが多く、母の言葉や心の動きに関するものは、どうしても私が書いたときに多くなっています。

この章の内容は母の語録に絞っていますので、ここで紹介するものは必然的に私の記録したものが多く、そのため日誌の日付の後の記録者名は、私のときには省きました。義姉のときには「やちよ」とし（Yだと私のイニシャルと混同するため）、他の看護者のときにはそれぞれのイニシャル文字を記しました。その時その時の母の健康状態、生活状態については、年が変わる最初のところでその概略を記すことにして、選ぶ記事は母の気持ちが窺《うかが》える言葉のあるものだけに限定しました。

一年目（一九八二年　八十五歳）

倒れた時の大きな山を越えた後は、母の健康はデリケートになってはいましたが、比較的に平穏であったと言えるかもしれません。助けてあげれば、家の中をゆっくりと歩くこともできました。よく背中が痒いと言って、掻かされることがありました。

一方、心の状態は以前とはがらりと変わって、子供のようになっていました。のびのびと我《わが》儘《まま》を言ったり、面白いことを言ったり、時にはわからずやさんになったりしていました。その様子がよく分かる記事が、日誌をつけ始めて三週間目の頃に私が看護の方達への警告として書いていますので、それをそのまま母の当時の状態としてここに書きます。五月二十三日の日付の記事です。

「皆様に警告！　母は『いい子さん』（良い子）の時と、『むず子さん』（むずかしい子）の時と、『いた子さん』（いたずらっ子）の時と4対3対3ぐらいの割合であります。その変身（変心と言うべきか）の区切りは、睡眠が境界線になっています。『いた子さん』の時は面白い時が殆どですが、時として昂《こう》じてとんでもないことを言うことがありますから、どうぞ吃驚《びっくり》なさらないようにご注意。『あなたバカだから……』とか『あなたドロボー……』とか、さも面白そうにニコニコ笑いながら言い続ける時があります。こちらが母が何を言っても受け入れるのを楽しんでいるのだと思います。適当に聞き流してください。

『むず子さん』の時も様々です。言う侭に従うことが一番簡単な解決策です。ある日、私がお小水をとってあげようとすると、『お小水しなさいって、林さん（誰だか分からない）から命令されたの？』と聞きました。そんな命令ないから安心してお出しなさいと言いますと、『わたしは命令されたと思ったけれど、違ったらしいから、命令なしで勝手にいたしますからよろしいですかと林さんに電話してちょうだい』と何回も言われました。でも、適当にあしらっていますと、『いい加減な返事ばかりしないで、早く電話しなさいっ！』。そこで電話ごっこの始まり。空ダイヤルを押して、『もしもし林さんでいらっしゃいますか？　……こちら美川でございますが、オシッコするようにとのご命令がなくても、オシッコしてもよろしうございますか？　……ああ、そうでございますか。分かりました。……ではこちらの好きなように、好きな時にオシッコいたします。……はい。……さようなら』。電話をしたと言いますと、ニッコリ笑って『どうもありがとう』。以上が一例です。でも言うなりになれない時（たとえば、引っ越しの準備をしろなどと言う時）には、早く子守歌を歌うなり、讃美歌のテープでもかけるなりして、ねんねさせることです。いい子さんの時はまことに問題なしなのですが……」

一年目は以上のようでした。

*

五月八日

夜、休む時、何回も何回も繰り返して「十字架のかげに泉わきて」の讃美歌を歌わされました。

眠ったなと思って止めると、眼を開けて「もう一度くり返して」とたのみます。

「かわいいわね」と言うと、「母上に向かって『かわいい』はへんよ」と言うので、「それでは、何と言えばいいの」とたずねると、「『尊敬する』って言えばいいのよ」とニコッと笑いました。たった今、眠りました。オヤスミナサイ。ただ今、十二時。

五月二十四日

夜、休む時になって「あなたなんか、あっちに行って寝なさい」と言うので、「ああそう、ではそうしましょう」と従うと、その後、数分して、えらく優しい声でゴマを摺り始めました。結局、傍で寝てもらいたいとのこと。かわいい、かわいい、大きな赤ちゃんになっていきます。

五月二十八日

夜七時より、OさんとKさんが来られて昔ながらの家庭集会をもちました。集会の最中に母はニコニコと機嫌よく、何やら、とんでもない面白いことを言い出すので、皆、噴き出してしまいます。あるがまま、集会の中に身を置かせていただくことを文字どおりやらせていただいております。

(註) 何やらとんでもない面白いこととは、所謂《いわゆる》、少々品のないことも言うのです。昔から続いていた家庭集会とは聖書の学びのためのもので、看護しながらの継続はかなりきついものでしたが、母の唯一の礼拝の場でしたので、できる時まで続けました。

五月三十日

ペンテコステの聖日。でも、私は家にいて母の「おもらし」と追いかけっこの一日でした。

お寝巻四枚、おむつカバー二枚を濡らしてしまいました。便器でさせようとしても、どうしていいか分からない様子です。これが失禁症というのでしょうか。もう出ないと言うので、体を窓の方に向かせて、おむつを替えようとすると必ずその時にお小水を出してしまいます。私がべそをかきながら、お寝巻やカバーを替えさせていると、「ゴメンナサイ。自分でも分からないの。考えると悲しくなる」と言って涙ぐみました。かわいそうに。私こそ、ごめんなさい。何とかやり方を考えましょう。

夕方から、「今は病院にいるの?」とか「N先生に往診の電話は必要なの?」とか混乱してきました。そしてそのあと、「わたし、何がどうなっているのか分からなくなってきているの。頭の中が何か朦朧《もうろう》としているの」と悲しそうに言いました。そこで、私は、イエス様も赤ちゃんの時には、おむつがぬれたり、お腹が空いたりすると何が何だか分からなく、お泣きになって、そうした混沌状態をお通りになっただろうことを話し、イエス様に今、母がこうした混沌の中にいることを申し上げていきましょうと話しました。

私達がどんなになっても、イエス様の故に、大丈夫。立派で、しっかりしている必要などちっともないのよ、と言いますと、「ありがたいわね」と小さな声で答えました。そしてまた、おかあさまは安心して何にも分からなくなっても大丈夫よ、その分、よう子が分かっていて、おかあさまをお守りしますからね。と言うと、「たのむわね」と言いました。

どんなになってもいいですよね、おかあさま。最後まで、あなたを大事にしていきますよ。

今日は疲れました。でも、今から明日の授業の準備を少ししなくては。今、十一時三十分。

六月六日

昨日はあんなに私とやちよさんを振り回したのに、今日はとても静かで、またとてもはっきりしていて、昔の母のようでした。NHKの「クイズ面白ゼミナール」や、ペンギンの生態の番組など、とても興味深そうに見ていました。

でも、夕方からの母はかわいかったです。お隣の小さい坊ちゃん達とお母さんを夕食にお招きしたいと、大きな声で呼んでいました。私が使いにやらされて帰って来て、坊ちゃん達はお腹をこわして絶食中と伝えると(みんなお芝居)、残念そうにして、君江さんが作ってくださった大きなお人形をテーブルに座らせてと命じ、満足そうに、二人で（?）夕食を食べていました。

六月十一日

夕方七時からOさんKさんの両兄が来て、四人の小さい聖書家庭集会をもちました。聖書の学びを終えてお祈りに入る前に、Kさんが「おばあちゃん、何か言いたいことありませんか」と訊ねてくれました。母は「ただ祈っていただきたいだけ。それから痛かったり辛かったりするところが、ここですと指で指せないのが辛いの」と言いました。皆が心合わせてそのことを祈ってくれた時、心からこの集会を有り難く思いました。

六月十三日

今この日誌に母のお通じの様子を書こうとして、「軟らかい」の文字を度忘れしたので、「おかあさま、柔軟の軟っていう字、どう書いたかしら」と訊ねると、「草かんむりに川を書いて、それから右にちょっとくっつけるの」と言ったので、そんな字なんてないのにと、おかしくなって「それでは、この紙に書いてみて」と頼むと、母の書いた字は正確な「軟」という字でした。

六月二十七日

疲れたためか私が首が廻らなくなっているのを見て、母は治してあげるから私に近くに寄るように言いました。近寄ると、首と肩のあたりを何やらモシャモシャと揉《も》むような動きをしました。全くマッサージなどと呼べるようなものではありませんでしたが、何とも懐かしく、感無量でした。

七月四日

朝食の時は栄養学の講義のようでした。お汁を飲ませてあげようとすると、「これ何？」「韮《ニラ》のおみおつけよ」「じゃ駄目だ」「?」「それじゃ充分じゃない」……ははぁん、栄養のことか……。「卵も入っているの、ビタミンAが沢山入っている。それもヨード卵だからコレステロールも非常に少ないの」「うん」そう言って母は口を開けました。次は鮭茶漬け。「これ何?」「胚芽米のご飯に、北海道の新鮮な鮭に、ビタミンCがたっぷり入っている新茶をかけたの」「うん」と言って食べましたが、また、「そういうのやビタミンCだけでは駄目なの」「お昼のお薬のミルクの中にカルシュウムも高蛋白もレシチンも朝鮮人参も入っているの。それに、ビタミンEは別に飲むし」

私は栄養学のド素人。でも、母の専門家意識を満足させるため、こういう時には、少々辻《つじ》褄《つま》が合わなくても難しい言葉を使うに限るのです。母はまた続けました。「カルシュウムは骨をつくるの。肉をつくるには蛋白が必要なんだけど」「大丈夫。バッチリ入っているから」「うん」

七月七日

早朝、私が起きた時には母も目を覚ましていました。おむつ、着替え、洗面を済ませた頃、はっきりとした、そして明るい声で「淳ちゃんを呼んで会っておいたほうがいいと思う」と言いました。なぜと聞くと、「天国に行く前に、最後だから会っておいたほうがいいと思うの」との答えです。どうして天国に行くと思うのと訊ねると、「だって、こんな体になったから、もう天国に行く時だと思うの」と淡々として答えます。私もこうした大切な事は避けたり、誤魔化したりするべきことではないと考えましたので、「そう思うの？　では呼びましょうか。でも、おかあさまはイエス様のところに行くのだからいいけど、私はどうしたらいいのかしら」と言うと、「あなたは送ってくれればいいのよ」と言われてしまいました。

昨日「淳ちゃんの子供達大きくなったでしょうね。会いたい」と言っていたのを思い出したので、「では、淳ちゃんにチビ達を連れて来るように言いましょうね」と言うと、「チビ達はいいの。わたしがこんなになっているのを見たら吃驚《びっくり》するから、かわいそう」と言いました。「あら、おかあさまはとってもきれいよ」と私が本気で言うと、「じゃ、呼ぼうかしら」と言いました。今夜にでも、福岡に電話しましょう。

七月十四日　M

食事の時、持参のコスモスをテーブルの上に。とってもかわいいと喜んでくださった。おやつの時に、「メロン、とってもおいしかった。どなたからいただいたの？」と聞かれた。おやつの後しばらくして、「さて、眠るか」とおっしゃったので、「わたしも一緒に寝ようかしら」と言うと、「若い人が寝たりしたら、もったいない」と、笑いながら。

七月二十四日　M

昨晩の地震で、よう子さんがおばあちゃまを、いざという時にどうしたらいいかしらと心配したら、おばあちゃまは「アハハ」と笑われたそう。そのせいか、食事中は関東大震災の時のお話。一月十七日の朝十時三十分頃とか(?)。田舎から帰ったばかりで、行李《こうり》を開けようとした時、急に揺れ、買ったばかりの大切な本箱が倒れないように押さえておられたこととか、前のレンガ造りの家が倒れたこととか……。一眠りのあと目を覚まされても、やはり地震の話。私がお守りしますと言うと、「イエス様に頼らなければ。あなたに頼ったって……あなたは小さいもの」と。参りました。

（註）Mさんは体が小さいので、いくら言っても母はMさんが子供だと思うらしいのです。

八月三日

長いお昼寝から目覚めてみたら、おむつに少し「大」が出ていました。自分では知らなかったそうです。そして「わたし近頃あっちこっちにウンやシーをして歩いているのではないの?」と訊ねますので、「あっちこっちではないのよ。いつもおむつの中だから大丈夫よ。時々外にもらしてしまうのは、あれはよう子が下手だから」と答えますと、「あなたが悪いのではないわよ。わたしよ」と言いました。そしてまた、「どうなったのかしら、年のせいかしら?」と心配そうでした。

それで私が「そうね、赤ちゃんがおむつを必要なみたいに、年をとるとまたおむつが必要になるんでしょうね。でも、どんなになっても、イエス様におゆだねしましょうよ。しっかりしている時よりも、弱くなった時のほうが、イエス様が慕わしいわね。お頼りしていきましょうよ。そして、いろんな人にも頼っていきましょうよ」と言うと、「そうね、イエス様だけね」と言ったあと、「よろしくおねがいするわね。迷惑かけます」と平安な顔で言いました。

八月十五日から二十日までの纏《まと》め

淳而の家族は、十五日に上京して十九日、昨日帰って行きました。近くの日本青年会館に宿をとりましたが、毎朝十時になると（私がそれ以前に来ては駄目と言っておいたので）子供達がとびこんで来ました。元気で騒がしい子供達でしたが、皆ほんとうに良い子達で、母とも何とも楽しくやってくれました。あの騒がしさの中で母は少しも気にせず、楽しそうにその中に浸っていました。

十九日の皆が帰った日は、予測はしていたものの、母はかわいそうでした。「着物を着せて、髪を結ってちょうだい。わたしも行くから」と言ったり、立ち去った後は「あの子達が間もなく帰ってくると思う」と外の人声に気を付けていたりしました。却ってかわいそうなことをしてしまったのかと心咎めました。

でも、だんだんと夜までには落ち着いてきました。夜、電気を消したあとも母はいつまでもお喋りしていました。そして「よう子ちゃん、ちょっと手をよこして」と言うので、手を握ってあげると、「カサカサした手ね」と言ったあと、何を考えたのか「よう子ちゃん、わたしがいなくなったあと、いやなこと考えないようにしてね」と何回も何回も繰り返しました。

翌朝、目覚めた時からは、唯、懐かしい思い出だけが残っていて、「かわいい子達だったわね」とか「きっと元気になって福岡にわたし行くの。あの子達喜ぶかな」などと言うようになっていました。淳而が帰る時、車の中から「お互いたいへんな苦労したけど、お母さんが喜んでくれたから、苦労のしがいがありましたな」と嬉しそうでした。そして、看護してくださる方達によろしくと言ったあと、「どうやって、あんないい人達ばかり探せたの？」と不思議そうでした。

九月二十日

今朝、目が覚めてから少し経って「よう子ちゃん、あなた風邪ひいてるみたいね」と何度も言うので、これは母は自分の体のことを言っているのではないかと思い、母の熱を計ってみました。三十七度ありました。「おかあさま、お熱が少しあるのよ。明後日の入浴サービスどうしましょうね？」と言うと、「では、お風呂に入らないわ」「でも入りたいでしょう？」「うん、入りたい。でも大事にしなくっちゃね。よう子ちゃん残して先に行ったらかわいそうだもの」と言ってニッコリ明るく笑いました。

十月三日

朝からどうしてもお小水をしてくれません。「シーは出ないの?」と訊ねると、「出たいのだけど、どうしたらいいか分からないの」と言います。「オムツあててあるから、心配しないで出たくなったら出してもいいのよ」と答えると、頷きました。でも相変わらず浮かない顔をしています。そして「シーを出したい時に出してもいいなんて、そんなことしていいはずないでしょう。便器でしたいの」と言いましたので、「らくらく便器」という当て器と受け器があって、その間に管が付いている便器を久しぶりに使ってみました。「さあ、いいですよー」と声をかけると間もなく、沢山お小水が出てきました。「よかったよかった。出た出たぁ!」と思わず言うと、母はニッコリしました。その後の機嫌の良いこと! 遅い朝食もよく食べ、お茶を飲むと「あぁ、おいしいご飯だった」と爽やかでした。

食事の後、「スーパーに買い物に走って行って来てもいい?」と聞くと、いいと言ってくれたので、昼寝をしている間に大急ぎで行ってきました。帰って来た時にはもう目を覚ましていて、「いい物買って来た? 見せて」「ミルクとか卵とかそんな物だけよ」「それでも、見せて」。そこでテーブル一面に食料品を拡げて見せました。

十月四日　K

三時頃梨を召し上がりました。いま日誌を書くのに、梨の字を度忘れしましたので、おばあちゃまに教えていただきました。「梨」を教えてくださった後、「リンゴはね……」とおっしゃって、「林檎」と漢字でまた教えてくださいました。

十月十七日

夕方私がお勝手にいて、母はテレビを見ている時、「よう子ちゃん」と呼ぶので、行ってみると、「よう子ちゃん、オゥ、オゥ、……オィ、オィ……」と舌がまわりません。はっとしました。「なあに？」何て言ったの？」と顔をよせると、「あの……あの……オゥセンティックってどういうこと？」と聞きました。ああ、そうだったのか。テレビがやたら外来語を使うかららいけないんだ。でも以前は、分からない外来語が出てくると、片端から私に一々聞いていたことを思い出し、それが久々に出てきたので、嬉しくて母を抱き締めたい思いでした。おい、マスコミさん、できるだけ日本語を使ってくださいよね、立派な日本語があるんだから！

十月二十五日

私が寝ようとする時になって、「首の後ろ掻いて」「お茶飲ませて」などいろいろ要求したあと沁々と、「あなた丈夫だね」と言いました。「ほんとうはあまり丈夫ではないのよ。だから祈っていてね」と言うと、「神様の業《わざ》だよね。人業じゃないよね」。そして「ビタミンBでもAでも沢山飲んでね」と言いました。

十一月四日

今日は大学祭の後始末のための休日。儲けました。朝のおむつ替えの時、母は謎かけ作戦、ゴマ摺り作戦をしきりにつかいました。背中掻きをさせるためです。

コロリンをするとすぐに、「コロリンしたあと、その次は背中を掻くの?」（つまり背中を掻けということ）「背中とっても気持ち良い、とっても有り難い」（つまり、続けて掻いていてくれということ意味）「そのあと、アッツイお湯で拭くと気持ちがいいの?」（つまり、熱いお湯で拭いてもらいたいのです）「もう一度アッツイお湯でやると効き目があるの?」（つまり、もう一度という催促）延々一時間ぐらいリモートコントロールされました。

（註）なぜか母は寝返りをさせられるのが大嫌い。「転ばされる」とか「転がされる」とか言って嫌うので、響きのかわいいコロリンという言葉をそれに替えて私達は使っていました。

十一月九日

夜、J・スタインベックの「赤毛の子馬」の映画がありました。子供と動物の映画なので、母にいいと思いテレビを見せました。しかし、馬のお産のシーンになって、生まれてくる子馬を助けるために母馬を殺さなくてはならない場面になると、母は「嫌だー、嫌だー、親馬を殺すのは駄目だー」と叫びはじめ、とうとう消さなくてはなりませんでした。でも、最後の子馬が歩き始めるシーンを見れば安心するだろうと思って、最後の十分のところでもう一度テレビをつけました。小説では、母馬を殺して子馬が生きるのですが、映画はどうしたわけか母子ともに助かって、子馬がヨタヨタ母馬に向かって歩き始めるシーンが現れました。ほら、大丈夫だったでしょう、とその場面を見せると、ようやく安心しました。

十一月十日

今日はやちよさんが一緒にいてくれました。朝から昨日の「赤毛の子馬」の話ばかりしていたそうです。

十一月十二日

夜の聖書集会の時は悪い子で困りました。聖書の学びの時はよかったのですが、その後の交わりの時に入って、私が学校で、統一教会の原理研究の学生のターゲットにされて困っていることを話すと、「そんな話やめてー」。はいはいと言ってやめて、ほかの問題で心が弱っていることを話すと、またまた「そんな話やめてー」。私が気弱になっているのを聞くのは母には嫌なのだろうと思い、話すのをやめました。ところがOさんが話しても、Kさんが話しても同じように「そんな話やめてー」とやめさせてしまいます。それもニコニコしながら妨害します。気を逸らせようと、お茶にしました。母の好きだった中華菓子をOさんが横浜から買ってきてくださったので、母に食べさせて、「おいしいでしょう?」と言うと、「まずーい」。Oさんに申し訳なくて困ってしまいました。また帰る時にKさんが「おばあちゃん、また来ますね」と挨拶をすると、「もう来なくてもいい」とニコニコしています。

私はたまりかねて「こういう顔で悪い子をしている時は、面白がっているときだから、相手にしないでください。どんどんエスカレートしていくから」と言って皆を送り出しました。そして、母の部屋に戻ると母はプイッと横を向いて怒っていました。傷ついていたのです。子供のようになってはいても、子供ではないということをついうっかりしていたのでした。皆に気をつかって、母の心に気をつかうのを忘れていました。八十五年生きてきた誇りがあるということを。一生懸命あやまりましたが、赦してもらえませんでした。

十一月二十六日

前回の聖書集会の時の母のイタ子さんに懲りたので、今日の集会では、聖書の学びは母の部屋でしましたが、交わりの時には隣の私の部屋でしました。でも母は皆と一緒にいたかったらしいのです。お茶の時になって母の部屋に皆で戻ってきた時には、たいへん不機嫌になってしまっていて、一生懸命に私の悪口を言っていました。次回からは、やはり元どおり母の部屋でしようということになりました。

十一月二十七日

私がゴミを捨てに行った帰り、美しい色の落ち葉を拾って帰り、母に見せました。嬉しそうに眺めていましたが、「この落ち葉燃やすの」と言いました。ああそうか、落ち葉焚《た》きか。「ねぇ、燃やすからマッチ持ってきて」。それで、マッチと大きなお皿を持ってきて、母のベッドの上で「落ち葉焚き」をしました。

十二月十八日

（「母の物語」の中の『せもどの叔母さ』と『きょうだい喧嘩』の話をしてくれた日）

十二月十九日

朝からとても機嫌は良かったのですが、どういうわけかご飯をどうしても食べてくれないで、延々と待つこと、遂に十一時になってしまいました。ご飯を食べましょうと言うたびに、ニコニコして首を横に振るだけ。そこで私は「エーン、エーン」と上手に泣き真似をしました「おかあさまが嫌だ嫌だって言うから悲しい。エーン、エーン」。しばらく泣き真似をして、そっと指の間から母を窺うと、目にいっぱい涙をためてこちらを見ています。しまった。母はポロポロと涙を流しながら「よう子ちゃんはそんなにお母さんのことばっかり考えていなくてもいいのよ。あなたは自分のことをやればいいのよ」と泣きながら言いました。もうこんな芝居をするのはやめようと思いました。あーぁ、かわいそうなことをしちゃった。

二年目（一九八三年　八十六歳）

一年目のはじめの何ヵ月は歩くことができましたが、ある時、操《あやつ》り人形が糸が切れて崩れるように、母は立たせようとしても崩れるように立てなくなってしまいました。お医者さまも「歩かせるように」とは言われませんでした。「考えようでは、骨折だとか心臓の病気だとか、歩けることが原因で起こる心配事がなくなったとも考えることができるんではないですか」と慰めてくださいました。何が原因で歩けなくなったのか分かりませんが、それまで何回となく聞かされていた「歩かないと、体はどんどん衰えていく」ということが私は心配でした。でも、現実はそうはなりませんでした。体も精神状態もほぼ変化はありませんでした。ただ、冬の寒い時期を乗り越えるのには、風邪が流行る時期でもあり、母も熱を出したり、咳がでたりで緊張のしっぱなしでした。

食事は食べてくれましたが、なかなか飲み込まないで、口の中にいっぱいになるまでためこむというおかしなことをよくするようになりました。でも、去年の一月、もう駄目かと思うところを無事に通り抜けて今年が与えられたことを思い、新年を迎えた時はひとしおの思いでした。

四月から新しくEさんが看護に加わってくださいました。

*

一月二日

（「おともだち」の項で書いた、母の友人の立神さんに電話した日）

一月三十日

祈るような思いで献立を考えたのですが母にはちっとも喜んでもらえませんでした。いい鯛のお刺身が買えたので、鯛茶と、ホウレンソウのおひたしと、カボチャのお煮付け、それに関山の胡麻豆腐。結局は食べてくれたのですが、まあ何とかかんとか文句を言いながら。鯛茶のご飯にのせた「のせ方が悪い」とか、「もっと本当のものが食べたい」とか、ホウレンソウは「やめてー」、胡麻豆腐は「ベタベター」。文句言いながらも量はちゃんと食べたので、お茶にしましょうと言うと、「こんなゴチャゴチャのまま、お茶なんてー」と拒否。もう面倒臭くなって、それに私もお腹が空いているので、食堂のテーブルに行って一人で食事をしました。食事をしながら考えてしまいました。やはり治ったとは言え、今度の風邪をひいた後だから、一段階いろいろな状態も体力も落ちているのかしらと思ったりしました。

三十分ほどして母のところに戻ってみると、おとなしくなって自責の念にかられていました。

「いつもと同じように食べさせてもらっているのに、どうしてこんな心になるのかしら」体の調子がやはり元どおりになっていないのかもね。「ちがうのよ、心が悪くなっているのよ」……「どうして有り難いと思わないのかしら」……「年をとるとこんなになるのかしら」……「駄目ねえ、わたしって。情けなくなる」……「清伯父さん（父の兄で、母にとってはとうに亡くなっている義兄）がこんなにきれいに壁を塗ってくださっているのに、今まで有り難いとも思わなかったの（このあたりは少し話がチグハグ）」等々。

丹羽先生が書いてくださった「罪まして、恵もいやます齢《よわい》かな」の色紙を読んで、どうなってもいいじゃない、イエス様の中にいましょうよと言うと、「イエス様、本当にごめんなさい。助けてください」と大きな声で真剣に祈っていました。

二月六日

（「母のテレパシー」の項の中で書いた、私がメニエール症の目まいが起こった日。日誌を読んでみると、「母のテレパシー」に書いたのとは少し違っていたので、同じ出来事で重複には

なりますが、日誌のほうが正確なので、もう一度書きます）

母の昨日の熱は下がっていたが、眠っている間にびっしょり汗をかいていました。朝一番に寝巻とシーツを替えてあげている時、私にメニエール症の目まいが起こってしまいました。昨日の母の熱や、学生のレポート読みに少しむきになっていたのでしょう。おまけに、夜十二時過ぎてから、お風呂をわかして入り、床についたのが一時半過ぎ。いささか不注意で不摂生でした。自業自得というわけ。

しかし、目まいがして母のベッドに私がうつ臥しているのを見て、母は全く昔のままの声と物の言い方で「よう子ちゃん、あなた一人では無理なのよ。ママに電話しなさい」と言いました。私は内心驚いてしまいました。それからほぼ三十分ぐらい、母はしっかりとして毅然とした声で、私を励ますように「元気だせ、元気だせ」などと言っていました。大きな目まいが通過して、動けるようになった時、やちよさんに電話をしました。「明日ママが来てくれるって言ったわ」と報告すると、母はにっこりとして、かわいい母に戻ってしまいました。昔のしっかりした母に帰ってきてもらいたくて、私はその後も仮病を装ったのですが、母はかわいい母に戻りっぱなしでした。

三月六日

今日はお喋り。懐かしい奈良のお友達のことなど話していました。どうやら私のことを妹だと思っているらしいので、よう子はおかあさまの何？　と聞くと、「イモウトよ」。あら、妹？「そうよ、イモウトよ」。では、やちよさんはおかあさまの何？「もちろん、ヨメよ。だって、あとで家族に入ったんだもの」。では、誰の奥さん？「ええと、ジュンジのよ」。あら？　淳而の？「そうよ」。では、淳而は私の何？「それは、と、オトウトでしょ」。そうね。では淳而はおかあさまの何？「ジュンジはね、わたしのオトウト」。私が大笑いをすると、母もおかしそうに一緒に笑いました。

また二、三時間経ったあとに、よう子はおかあさまのなあに？　と聞くと、また「イモウト」。あーら、娘よ。だって〝おかあさま〟って呼ぶじゃないの、と言うと、「じゃあ、何でもいいわ。あなたの好きなものになりなさい」だって。ああ、面白い。

三月二十八日

夜、奈良の鹿のドキュメントがあったので見ました。その中で、戦時中と戦争直後に人が鹿を獲って食べてしまったので、一時は奈良にも鹿はめっきりいなくなったことが言われました。テレビが終わったあと、母の話はそこからどんどん展開していきました。

「皆あの頃、お腹空いていたのよね」……「あの時代だったら何でも食べてしまったでしょうね」……「犬だって食べた人いるよ、きっと」。そうかしら。「そうよ、いるよ。カラスだって食べちゃったわね、きっと」。まさか！「アハハハ。人間食べた人もきっといるよ」。まさか！「きっといたよ。だって人間の餌は良いんだもの、おいしいよ」。やめなさい！「アハハハ」……「よう子ちゃん、あたしどんなことがあっても、あなたを食べないからね」。アハハハ。「アハハハハハハ。ね、どうせなら、お相撲さん食べたほうがいいものね」。やめて！アハハハハハハ。「アハハハハハハハ」

どうしようもなく話は止まらないので、電気を消してしまいました。暗闇の中でも母の馬鹿話はしばらくは延々と続いていましたが、今はスースー眠っています。

四月八日

我が家の小さい聖書集会の日。たいへん母は機嫌よく、Kさん、Oさんにお喋りをしていました。夜でもあるので、母の話はチグハグ。その話を二人の大人が一生懸命に現実の立場から辻棲を合わせようとするから、たいへんな努力。「あぁそうか、おばあちゃんの言っている意味は、○○○○っていうことかな？」と結論が出かかると、母は続けて「それでね、それからわたし△△△△したの」と言います。するとまた二人は混乱してしまい、「あれ？それじゃ、さっきの考えた意味は違っていたのかな？」と、またスタートをしなおします。まるで三歳児の道案内で右往左往して、あげくの果てに迷子になる大の二人の大人のようで、おかしくて私は聞いていて大笑いしてしまいました。

集会が始まり、聖書の学びの時は、母は静かでした。そして、お祈りの時も一緒に合わせて祈っていました。その後、お交わりの時が始まると、母は早速に感想を述べて「今日の聖書の言葉を学んで、わたしね、本当に◎◎◎◎と思うわね」と、何だか分からないことを言いました。二人の大人達が返事ができないでいると、また母は「わたしが言ったら、皆はもっとワァーッとなると思ったのに」と、がっかりしたように、軽蔑《けいべつ》したように言います。また二人がキョトンとしているので、私が翻訳して「母はね、『わたしが今の感想を言ったら皆はもっとワァーッと感心してくれるかと思った』って言うのよ」と伝えると、二人はようやく笑い出しました。母はそれを見て、「あなた達、まだ信仰駄目ね」。今度は皆分かって、大笑いしました。

四月十二日　E

青山通りの事、全国伝統的工芸品センターのお店の事などお話しすると、「ああ聞いたことあります」とお答えになり、よく聞いてくださいました。それから何度も何度も、団地の庭には見事な桜の木があったのに枝をバサバサ切られてしまって、今年は花が余り咲かなかったと、残念そうに話されました。うちとけてお話ししてくださったので安心いたしました。

（よう子の記入）

Eさんに初めて看護していただいた日。いろいろと母のほうから話しかけたとのことでした。帰られた後も、「桜の木や、桃の木は枝を切ったら駄目なんですって。それと反対に、梅は枝を切ったほうが次の年花が咲くんですって。何でも知っていなくては駄目よね」と、新しく得た知識を私に披露してくれました。それも正確に。

五月二十日　M

苺を召し上がりながら、「古賀さんいらっしゃらないわね」。教会の古賀さんですか？「ちがう。佐賀の親類の大金持ちの古賀。家の中をトロッコが走っているの。広いから」「熊本にも兄がいて、これも大金持ち」「学校建てたのは、熊本の美川が建てたようなものよ」「佐賀にもう一人弟がいるの。すてきな病院があるの。おもに眼科。内科もできるんだけど」。両方とも金持ちで物持ちなんだそうです。おばあちゃまも物持ちでしょう？　と言うと、「持っているのは腰巻きだけだ」

（註）母の言っていることは途方もない空想話のように聞こえますが、私の父方の親類の話で、ほぼ真実に近い話なのです。但し、学校を建てた云々は事実ではありません。あるいは、何かほかの話が飛び込んで入ってしまったか？

七月十日

夜、NHKの名画劇場で「禁じられた遊び」がありました。母はその映画を憶えていて、昼頃から楽しみにしていました。かわいそうな映画なので、真剣に見ている母が心配になって「悲しかったら消しましょうか」と訊ねると、首と手を振って駄目と言われました。ラストシーンで、幼い女の子の主人公が駅の人込みの中に仲良しの少年のミッシェルを探して「ミッシェール、ミッシェール」と呼ぶのが、いつの間にか「ママン、ママン」とママを呼び求めて消えていくシーンはかわいそうでした。映画のあと、「戦争って嫌ね」「あなた死んでは駄目よ」「いつでもお母さんの後にちゃんとついて来なさいよ。迷子になっては駄目よ」などと言い続けていました。

眠る前のおむつ替えの時、結局は良いお通じがあったのですが、ちょっと難産でした。私も励まし、自分でも力むのですが、なかなか……。そのうち母は大きな声で「ミッシェール、ミッシェール」と呼び始めました。どうしてこう、おもろい婆さまなんやろ。

七月二十日

昼間、やちよさんに口述した手紙のことが頭から離れない様子でした。「速達で明日の朝早く出してきてね」。はいはい。「切手はいくら貼ればいいの?」。速達だから、六十円と五十円。「うん、それだと百十円?」。そうよ。(あれ? 計算できるぞ!)五十と五十では何? 「百」。当たり! 六十と六十では? 「えーと、百二十」。お見事! 五十五と五十五では? 「百十」。立派! 七十と六十では? 「えーと、えーと、えー、あなた、そんなこと言っていないで、ちゃんと手紙出してきなさい」。駄目、話をはぐらかしたら。さあ、七十と六十では？「えー、百三十」。いいぞ、いいぞ！　しばらく数遊びをしました。

夜遅くあったお通じが難産でした。浣腸の助けを借りて終えましたが、終わった後もお腹が渋って不快だったのでしょう、「あついタオルを当てて、お腹を温めて」と、何回も頼まれました。また母が気に入っている漢方の胃腸薬である百草を要求して、「百草を二つか三つ飲ませて。だから、二百草か三百草ぐらい」。アハハハ。いいぞ！　掛け算もできる！

八月十四日

只今、午前十一時、それなのに母は何もやらせてくれないから困ります。おむつ替えも駄目。朝食も駄目。お掃除も駄目。でもやり始めてしまえば、何も言うまいと思い、掃除機を持って来たら、手を振って駄目駄目。そして私の手を掴んで「あのね、あなたはビンボーに育ったから、どうしてもへんなことばかり考えるのよ」。へんなことって？「ご飯の用意をしようだとか、お掃除をしようとか」。それがへんなの？「そうなのよ。黙ってわたしの傍に寝なさい」。どうして寝るの？「寝てれば、動かないから」。じゃ、動かないでおとなしくノートに書いたり、レポートを読んだりしているから、それ取りに行かせて。「ほんと？　それだけ？　あっちへ行って、また働くんじゃない？」だいじょうぶ、取ったらすぐ帰って来る。「それじゃね」、そう言って、ムンズと掴んでいた私の手を放してくれました。……というわけで、今かろうじて、このノートを書いています。

九月一日

大韓航空の旅客機がソ連領空内で消えたニュースに愕然《がくぜん》。母には理解できないと思って(希《ねが》って)テレビを聞いていると、母はみんな理解してしまいました。そして母の例のイーッダの顔をしきりとします。理由を聞くと、腹が立つからなのだそうです。そして母は声を出して祈りました。「イエス様、守ってください。ソビエトがからむと、いつでも事はごたごたします。たいへんな事にならないようにしてください。アメリカや朝鮮(韓国のこと)が何かをしないようにしてください。できるだけスラーッと通り抜けることができるように、今となっては希います。私達がゴタゴタに巻き込まれないように守ってください。アーメン」。私もアーメンと合わせました。

九月四日

(「テスト」の項に書いた英語の単語のテストをした日。但し、日誌のほうがより詳しく書かれてあるので、訂正を兼ねて最後の部分を書き加えます)

……花はなんていうの?　「フラワー」。えらい!　では机は?　「うーん」、しばらく考えてから、「机はそのままツクーエだったと思う」(多分、テーブルがそのままテーブルであるのと間違ったのでしょう)。それでは椅子は? 「えーと、えーと」と暫く考えたあと、「つまんなくなっちゃった」と言いました。私が、おかあさまはかわいいわね、と言うと、ニッコリして、「イエス」

九月十日

夜、福岡のゆきから電話で「ねぇ、よう子おばちゃん、パパが自分がいちばん良い子供だったから、おばあちゃんに聞いてみろって言うから電話したの」と言いました。アホかいなと思いましたが、母に質問を伝えると、「淳而がいちばん喜ばせてくれるわねぇ」。すると、電話の向こうで、ゆきが納得いかない声で「ほんと? だって、よう子おばちゃんは?」と聞くので、「おばあちゃまはパパを喜ばせているのよ」と言って電話を切りました。

母に向かって「やい、誰がいちばん親孝行か」とふざけると、「わたしも考えたのよね。やっぱり、あなたと淳而と同じだな」。調子がいいんだから。でも、ゴマスリのような顔ではありませんでした。

九月十五日

母は静かで、機嫌よく敬老の日を過ごしました。でも、夕方から自分が女だか男だか分からなくなってしまった様子です。「ねえ、わたし女? 男?」とてもすてきな女の人よ。「ほんと?」ほんとよ。「では見て確かめて」?‥?

九月二十二日から二十六日まで

（「お医者さまのこと　Ⅱ」の初めのところで、私が母を叩いたことを、往診してくださったお医者さまに言い付けられてしまった出来事を書きました。あの事が一日の内に起こったと思いこんで、そのように書きましたが、実際には数日にわたっての出来事であったようでした。日誌を見て分かったのですが、記憶とは不確かなものです。それで日誌にあるとおりにもう一度ここに五日間の記事を書き直します）

九月二十二日

やちよさんが作っていってくれたシチューとご飯を用意して、夕食を持っていくと「栗ご飯でなくっちゃー」とそっぽを向きます。明日栗ご飯にするからと言っても、「栗ご飯なら食べるけど、そうでなくっちゃーねぇ」と言って拒否し続けます。仕方なく、大急ぎで買い物に行き、用意ができたのは九時過ぎてしまいました。さあ栗ご飯よ、頂きましょうと、口のところにもっていくとまたまたキッと口を一文字に結んで首を振って逃げます。言って聞かせても、宥めても駄目。もう頭にきて、おでこを平手でピシャッと叩いてしまいました。瞬間、吃驚した顔をしていましたが、それがおさまると、深く心が傷ついていました。謝ったのですが、赦してくれませんでした。十時過ぎにご飯は食べてくれたのですが、心は傷ついたままでした。気が咎めます。

九月二十三日

今日は秋分の日で休み。楽しみにしていた休日なのに、学生の訪問が二組《ふたくみ》あって、なにかガックリ。それでも、母は機嫌良く一日を過ごしました。

でも、昨日のおでこをピシャリは憶えていて、度々「昨日ね、誰かにぶたれたんだよ。あれ誰だった?」とか、「ご飯食べるとまたぶたれるから嫌だ」とか、かなりしつこく一日延々と続きました。

九月二十四日

なんと「ぶたれたよ」の台詞が今日も続きました。まいったな。

昼すぎ私は疲れて眠気がおそい、隣の部屋のソファの上で一時間くらい眠ってしまいました。母の部屋に戻ってみると、心細そうな顔で「どこに行っていたの? わたしもう悪いこと言わないから、どこへも行かないでちょうだい」と言い、その後は「誰かにぶたれた」は言わなくなりました。どうやら何もかも分かっていて「誰かにぶたれた」と言っていたらしいのです。私こそ今後あのようなことはしないようにと心から反省しています。ごめんなさい。

九月二十五日

今日、母は心身ともに好調です。

午後に若い人からの悩み的電話が長引くと、「よう子ちゃーん、よう子ちゃーん」と呼んで、側で話してくれと頼むので、母の部屋まで電話コードをのばして話を続けました。母は満足気でした。

九月二十六日

N先生に往診をお願いしました。たいへん体調は良いとのことでした。母はここ二、三日、頭が痛いと言うことがあるとご報告すると、何でもないでしょう、台風や季節のせいでしょうと言われました。すると側で聞いていた母が「頭が痛いのは、よう子が頭をバァーンとぶったからです」と言い付けました。先生は笑われて、「そうですか、よう子さんにぶたれたんですか。それならすぐに治りますよ」と言ってくださいました。あぁ、恥かいちゃった。悪いことはできないものです。

九月二十八日

夜、銀行で教えるので、やちよさんに泊まってもらう日です。でも、台風が近づいているためかあきの喘息《ぜんそく》の発作が起こり、やちよさんはあき同伴で泊まることにしてくれました。たまたま都合良くあきの学校の休日と重なったそうです。夜になって比較的症状が治まったあきを相手に、母はからかったり、けなしたり、面白がっていつまでもやめようとしません。「へんなパジャマだね。囚人服みたいだね」「今度来る時は、ちゃんとした格好で来るのよ」

「あなたちっともきれいじゃないね。品もなにもないよ」等々。楽しそうにケラケラ笑いながら言い続けます。あきもわーわー言いながら、上手にからかわれてくれました。奇妙なおばあちゃま孝行でした。

十月十八日　E

静かにお過ごしの一日でした。とろとろ眠っていらして、物音等に目を開けられ、こちらを見てニッコリなさり、また、安心して眠りに入っていらっしゃいました。一時頃「静かですね」とおっしゃりながら目を覚まされました。しばらくして、「お父さまはおいくつですか」とか「病気らしい病気はなさらなかったのでしょう?」とか、丁寧な言葉でお話をよくしてくださいました。夕方私が外を見ながら「とうとう日も暮れてしまいましたねぇ」と思わず口から出してしまいました。「淋しい?」とお聞きになったので、「いいえ、おばあちゃまは?」すると、「全然。当たり前のことだもの」。こんなことをお話ししながら今過ごしてます。

十一月四日

帰宅してみると、母は今日看護してくださったHさんにゴネていました。電気屋さんの畑原さんが、明日来るように言っておいたのに、ついでがあったからと今日集金に来てしまったのだそうです。金額が少々大きかったのにHさんが動揺したのが、母に伝わったのでしょう。母はHさんに向かって、支払いの額が多いとか何とか言ってプリプリ怒っています。お金は払わなかったと言っても、何を言っても聞き分けません。Hさんに対してはいつも優等生にふるまうのに、ゴネたのは初めてです。

Hさんが帰られたあと、「おかあさまはいけない子ね」と言うと、ふくれっ面をしています。「よう子もそうだけど、おかあさまも先生だったから、ズケズケと威張ったものの言い方で人に怒ったり、文句を言ったり平気でするのよ。やさしいHさんにあんなに威張って、あーぁ、恥ずかしい、恥ずかしい」と私が言うと、しょぼんとして何も言わなくなりました。夕食が終わったあとも口をききませんでした。

夜のおむつ替えを済ました頃から明るくなり、お喋りを始めました。眠る前におやすみをして、「おかあさまはいい子?」と聞くと、「いい子よ。とっても素直よ」。「本当?」「本当よ。だから叱られると、ペシャンとなるのよ」

十一月十七日

今日、明治学院の礼拝当番でした。礼拝時間が昼休みを使ってのたった二十五分、うちメッセージの時間は約十二分とたいへん短いので、私は奨励の当番の時にはタイミングを計るため、いつも練習を家でして母にも聞いてもらうことにしていました。

でも昨夜は、私は疲れきっていました。ぶっつけ本番でいこうと考えましたが、それでは余りにも申し訳ないと思い直して準備をし、練習（といっても、ただタイミングをとるために原稿を読むだけ）しました。母は目を覚ましていて聞いていました。母は評を下して、「読むような調子では人の心に届かないよ」。本当にそうだと思いました。授業以上に大切なことなのだと反省して、もう一度聞いてもらいました。特に結びのところで言葉の選択が不十分なことを思いながら終えると、母の評は「まず自分が深く分かっていなくては、人の心を打たないよ。特に終わりの部分は五点だよ」。では心こめてやるから、もう一度聞いてくださいと、第三回目。母の評は「うん、今度は良い」でした。

十一月二十九日

今日の母の名語録……。

①母の傍で新聞を読んでいると、ポーンとおならの音がしました。私が母の顔を見ると、母はニヤリと笑って、「おならを布団の中に入れちゃった」

②「わたし病人としては模範生だわね」。あら、おかあさま病人？　どこか悪いの？　「そうよ、病人よ。お腹が悪いの」。じゃあ、お腹が痛いの？　「だから言ったのよ。痛がりもしないし、苦しみもしないし、だから模範生なのよ」？・？

十二月五日

母は今日は八十九歳なのだそうです。それは、昨日八十八歳だったからだそうです。昨日のお誕生日で八十七歳になったのだと言っても「ずっと前（夏に淳而が上京した際、数え年で米寿のお祝いをしたのです）、八十八歳のお祝いをしたから、そんなはずない」と言います。一応の論理性がありますよね。少々ヘンチクリンだけど。

十二月十八日

衆議院選挙の日。

前回の参議院選挙では、「わたしも選挙に行くから一緒に行こうね」と言うのを聞いて、何とも切なく、お昼寝をしている時にこっそり走って行ってきたのを思い出します。今回は「わたしは行かない。めんどくさいから」と言ったのでホッとしました。

三年目（一九八四年　八十七歳）

二年目とそれ程の違いはありませんでしたが、やはり体調は少し衰え、食事も食べてくれず、心配させられることが前より多くなりました。ある時はたいへん順調に食事をしてくれて安心させてくれていたのに、次はなかなか食べてくれない日々が続き、お医者さまから警告をいただくということもありました。お喋りもよくしましたが、以前のように長い話を一人でずっとするというよりは、短い対話のやりとりを、時にはユーモラスに時にはまじめに、といったお喋りが多くなりました。とはいえ、それは母の知力や精神の衰えではなく、単に体力の衰えのように私には思われてなりませんでした。いろいろなことを母はちゃんと感じている様子が折々に窺えました。また、お腹が痛いというのではないのに、うーんうーんと唸ったりすることもよくありました。

アメリカのワシントンのドクター・ハーヴァソン牧師が韓国訪問の帰途、日本に立ち寄られた際、母を訪問してくださったのもこの年でした。そして二年半看護してくださったHさんが都合があってNさんに代わったのもこの年の六月でした。そしてNさんはこの日から最期のときまで看てくださいました。

十二月に入って間もなく、心臓が悪く入院していた義姉の実家のお母さんの容体が悪くなり、彼女はそちらの看護に専念することになりました。しかし懸命の看護も空しく、年の暮れちかくこの世を去っていきました。そのような事があったため、力足らずの私は看護日誌を書くのを年末には怠《おこた》ってしまいました。

＊

一月十一日　M

よう子さんの今年の初出勤。出かけられる時「バスは何時?」「駅まで一人で大丈夫?」、そして私に向かって「そこまで付いていってあげて」「寒いから、ショールかけていくようにって、持っていって渡して」とか、やさしい心遣いをなさる。洗面後のお化粧では、「百歳(?)だから余り白くしないようにね、へんだから」などと言われる。そしてよう子さんの出かけられた時のこと「深雪ちゃんにお願いして、何でもやってもらいなさいだってさ、ハッハッハッ」。そこで、私も笑ってしまいながら「それでどうなさいます?」「そうね、お願いするわね」。こちらもよろしくお願いします。

一月二十二日

食事はわりとよく食べてくれました。でも、夜また「痛い、痛い」が始まりました。顔はニコニコしています。どこが痛いの?「お腹が」。どんなに?「お腹を撫でて」。お腹を撫でると「やめて」。じゃ、どうすればいいの?「あなたが困るといいの」。顔は全然痛そうではないので放っておくと、またしばらくすると「いたーい、いたーい」。一体どうしたの!「あなたがヒステリー起こすと安心するの」とニコニコ笑っています。

二月二十一日

どうした訳か夕方から母は昔の自分の生徒だった伊藤弥栄さんになったつもりになってしまいました。面白かったので、夜伊藤さんに電話をしてそのことを伝え、母と話してみるようにと言うと、彼女曰く「あらー、そうすると私どういう立場になって、お話をすればいいんでしょう?」。そこが面白いところと、母に受話器を持たせると、「もしもし、あのね、わたし今あなたになりきっているところ……」なにやら長々と話していました。母はえらく気分良さそうに、夜までずーっと伊藤弥栄さんになりすましていました。「ごっこ遊び」が楽しいのでしょう。この伊藤弥栄さん、夜にいいウンを出しました。

五月十八日

今日は日曜日、朝寝坊しようと思っていたのに、朝早く五時頃「よう子ちゃーん、よう子ちゃーん」と大きな声で呼ばれて起こされてしまいました。どうしたの！「早く早く、アナゴが逃げるからつかまえてぇー」どこにアナゴがいるっていうの！「川の中よ。ねぇ、つかまえてー、つかまえてー」うーるさい！　アナゴって何だか知っているの?「知っているわよ。サカナよ」。じゃ、どんな形をしたサカナ?「あのぉー、丸くって、白くて、目がクルクルして、かわいいの」アホラシイ！　アナゴは黒くて長くて蛇みたいなサカナなの！「嘘よ、目がクルクルしてかわいいサカナよ」。すっかりアナゴ騒ぎで日曜の寝坊の計画がオジャンになってしまいました。そして間もなく母はスースーと眠ってしまいました。一時間半ほど後になって目を覚ましたので、アナゴのことを聞くと、「知らない」とケロリ。もう絶対に日曜の朝に母の夢の中に現れるなよ！　アナゴ！

五月二十九日

夕食もまた半分しか食べず、悪い子でした。仕方なくデザートの苺に蜂蜜とアイスクリームをのせて食べさせると、たいへんよく食べてくれました。そして「あー、うめ、うめ」と岩手弁で言います。母のあと私もすこし口に入れると、傍で「うめべぇ？」（おいしいでしょう？）と言いました。私が「アイスクリームはいつでもあげるけれど、ご飯もちゃんと食べなくてはいけないのよ」と言うと、「うん、分かった」と素直に返事をします。「本当に分かったのかしら？」と言うと、すかさず母は「たぶん駄目でしょう。分かっていないでしょう」。あーぁ、疲れた。

六月一日　N

今日から初めておばあちゃまのお世話をさせていただきました。朝は不安だったのでしょうか、あまり召し上がらなかったのですが、二時のおやつの苺ミルクに蜂蜜を入れたのは、「こんなにおいしいものあるのねぇ」とおっしゃって上がりました。おばあちゃまは「ありがとう」を連発なさるので、恐縮してしまいました。

おばあちゃまが「あなたの着ている肌襦袢とてもいいわね。なかなか売ってはいないでしょう?」とおっしゃってくださったの。ありがとうと私は素直な気持ちで嬉しくなりました。

(よう子の後書き)

帰宅してしばらくの間、「きれいな黒の絽の襦袢、わたしにくれる?」とか「買ったの?」とか言うので何のことかと思っていましたが、日誌を見て、野末さんの着ておられたブラウスのことだったと分かりました。すてきな、すきとおるサマーセーターで、そう言えば絽のような感じでした。私ももう少し母の喜ぶようなきれいなものを家で着てあげるといいのですが。

八月十二日

今夜、テレビで陶芸家の加藤唐九郎翁が若いアイドル歌手と対話をする番組がありました。九十歳近い大芸術家が淡々と誠実に若い相手を見下げることなどは少しもなく話している様子に、私は感激して見ていました。母も一緒に見ていました。そして言った言葉は「このおじいさん、いい顔していらっしゃるねぇ」でした。またしばらくして「この人は本当に良い人だよ。立派な人だよ」と言いました。

夜寝る前にまた思い出して、「あのおじいさん立派な人だったね。わたし、ああいう人になりたい」と言いました。久しぶりで聞いた母の「心の観察」でした。

八月二十二日

（「丹羽先生に会いたい」の項で書いたアメリカのワシントンDCのドクター・ハーヴァソン牧師が母を訪問してくださった日）

十月二十二日

今日も食事をなかなか食べてくれなかったとの日誌の報告。夕方から私が何とか食べさせようとしても、やはり駄目。ただ、巨峰の葡萄だけは十粒ほど食べてくれました。つらいです。母はなぜ私がつらいのか少しも分かりません。

「わたし、よう子ちゃん好きよ。だけど、よう子ちゃんの心が穏やかな時、いちばん好きなの」と言って私の顔を探るように見ています。そして「何か苦労があるの？」と聞くので、おかあさまがご飯食べてくれないから、と答えると、「そんなこと、苦労なことかしら？」と言いました。あーぁ、この赤ちゃん！

十月二十九日

かよちゃんの看護。花泥棒してきては母を喜ばせてくれるかよちゃん、今日は泥棒ではなくて、紅葉した蔦《つた》の葉をいっぱい拾ってきてくれました。母も元気な頃は今頃、いつもきれいな紅葉を外で拾って帰ってきたものです。

朝の挨拶に、かよちゃんが「ご飯はよく食べていますか?」と言うと、母は「誰かさんに叱られるの」と答えたそうです。また夕方私の帰宅する前に「よう子に、沢山食べたと言って」と頼んだそうです。困った赤ちゃんです。

十一月六日　E

今日一日、おばあちゃま眠ってばかりおられました。合間をみて二度お食事をお出ししましたが、二口か三口でピタッと止まってしまいます。四時頃いささか心配でミルクと葡萄を用意しましたが、頑としてお口を開けていただけず、眠り続けていらっしゃいます。夜のお食事は食べていただけますよう希っています。

(よう子の後書き)

あんな心配そうな榎本さんの顔はじめて見ました。安心していただくために、「食べないこともあるんです」なんて落ち着いたこと言っていながら、榎本さんとお別れしたあと、眠り続ける母を見ていたら不安でいっぱいになってしまいました。母の好きなものを用意したのですが、どれも駄目でした。せめて水分をと思い、冷たいお茶、ミルク、豆乳、お野菜茶、それぞれカップ一杯を飲ませ続けました。

眠りに入る前に、抱いてほっぺにキスをしたら、目に涙をいっぱいためていました。どうしたの？　と聞くと、「有り難いから」と言いました。只今夜中の一時。

十二月四日

満八十八歳のお誕生日を迎えることができました。ホームドクターのN先生にそのお礼に伺ってきました。看護をしてくださる皆さんにも心からの感謝を申し上げます。教え子の方達から蘭の花が送られたり、福岡の淳而からおいしいお魚が届いたりで、母も今日はおめでたい日であることを意識しているらしく、朝からよそいきの顔をしています。淳而から送られた鯛で鯛めしを作り、会津塗の器に盛り、スッポンのスープでおいしそうに食べてくれました。ウニも半箱ほどぺろりと食べてしまいました。このような食欲は久しぶりでした。何よりのお祝いでした。

夜プープープーおならをしました。今の音は何？　と言うと、「祝砲よ」と答えました。

十二月七日

マンション建て替えの問題で、夜に大久保さんから長電話がありました。その間に母のためにつけておいたテレビが「欽ちゃん」から「濃厚ラブドラマ」に変わっていました。私が電話を終えて、部屋に戻ってくると母は「見せつけられるから（部屋から）出ていたの？」と聞きました。何を見せつけられるの？「重なっているのを」？・？「人間が重なっているのを」

十二月二十四日

母へのクリスマスプレゼントを作り終えました。デンマーク製の材料で作った「小人のクリスマス」の壁掛けです。クリスマスに間に合いました。吊るすとニッコリ笑って「きれい！」と言ってくれました。この笑い顔が見たくて、一生懸命作ったのです。クリスマスイブのご馳走は天ぷら、デザートはメロンでした。

十二月二十七日

年末から年始の期間は、看護の方達の助けなしの期間です。忙しいのでついついテレビに母の相手をしてもらいがちです。

夕方、パンダのドキュメンタリーを見せました。楽しそうに見ていましたが、パンダの結婚のタイミングの難しさの場面になると、母は焦って「よう子ちゃーん、ちょっと来てぇー。ちょっと来て、なんとか交尾させてあげてぇ」。こればかりはねぇ。

四年目（一九八五年　八十八歳）

義姉は、入院中の実家のお母さんを昨年十二月の始め頃から看病し続けていましたが、その甲斐もなく亡くなり、野辺の送りを済ませ、一月の中頃から再び母の看護の協力を開始してくれました。辛かっただろうと思います。でも、母にはショックを受けるだろうと思い、何も知らせないことにしました。

そして母にとってもこの年は、ちょっと大事件の起こってしまった年になりました。六月の半ばにウイルス性の風邪が胃にきてしまったことに始まり、その風邪が下火になったと思う間もなく、急性の胃潰瘍になってしまいました。真っ黒なタール便が出て、みるみるうちに顔色が蝋のようになっていきました。即刻、ホームドクターの先輩の方が経営しておられる個人病院に入院が決まりました。私も母に付き添うことが許されて、家にいるときと同様に看護することができました。そして私が学校に出て病院にいない時は、今までどおり同じ看護の方達が病院で看てくださいました。六月二十七日から七月二十四日までの約一ヵ月の入院でした。

輸血という特別な処置、また点滴による栄養摂取が必要な状況でもあり、入院による治療はどうしても必要でしたし、また無事に乗り越えることができたのですから感謝でしたが、でも入院生活はいろいろな辛い事、辛い問題がありました。そして私の中には母の最期の時は家でもたせてあげたいという希いが強くなりました。
この間の日誌の記録は様々な問題を考えさせられるものではありますが、ここでは母の語録を紹介することが目的ですので、入院治療についての私どもの感想などは省きます。また入院中の母の語録といっても、この期間の母は言葉少なでした。家では母に合わせて常に室内の温度調節を心がけていたので、この時期の入院生活は母にとって苦痛なものであったようです。私はとにかく母が必要な治療を受けて病が癒えたら、早く家につれて帰ってあげたいという思いが切でした。

*

一月二日
眠ってばかりいて、ほとんど何も話してくれなかった元日が過ぎて、やっと今日、目が覚めたようです。「おはよ」と言って、今日が始まりました。お喋りもよくしましたが、ほとんどが「バカ」「バカ」。これをとても機嫌よく言い続けました。また久しぶりにあのイーッダの顔を何回もします。元気がでてきた証拠です。

一月九日　　やちよ

十二月の九日以来の久しぶりのおばあちゃまの顔を見て、涙が出て仕方ありませんでした。こらえながらで、なかなか言葉が出ないでいると、「忙しかったんでしょう？」と言ってくれました。実家の母が亡くなったことは気がつかれないでくださったと思いますけど……。年末の忙しい時に助けていただいて、皆様ありがとうございました。

二月十日

夜、ＮＨＫで中国残留孤児の番組がありました。母は「かわいそうねぇ」「辛かったでしょうねぇ」と繰り返していました。「わたし、捨てることしなくてよかった」「わたしが子供だったら、あずけられる前に、逃げて帰ってしまったと思うの」などと言いながら放送を見ていました。

二月二十八日　　やちよ

ゆうべ夜中に私がうなされて、おばあちゃまもよう子さんも起こしてしまいました。私をしきりとおばあちゃまが起こしてくださったそうです。「こんな寝言、だんなさんに聞かれたらたいへんよ。わたしでよかったよ」と言われてしまいました。

四月六日　M

眠りから覚めたあと、夢をごらんになったのでしょうか、今日は学校におられるらしく、講義が気になられるようで、このことで私と話がかみ合わず、「まぬけのノーベル賞をあげる」と言われてしまいました。私に講義をするようにと言われたので、一生懸命に講義をしたのですが、「程度が低い」そうです。点数は「乙」で「六十点」。食事も栄養の理論が先立って、なかなか食べてくださらない。桜の絵を描けとのことで、色鉛筆で描くと、「よくできた」。「九十五点」もらいました。

四月二十七日

聖書集会に来られたOさんが小さなおいしい竹の子を持って来てくださいました。母に大好きな竹の子ご飯をつくってあげると、とてもおいしそうに食べました。一緒につくった煮たての南瓜を指して「これを刺して持たせて」。それで、竹のフォークに刺して持たせると、なんと食べる食べる、十個ぐらい食べてしまいました。こんなに食べて大丈夫？　と心配すると、「まさか、南瓜にあたるなんてこともあるまいし」。まあ、そうですけど。

五月十一日

母を怒らせてしまいました。おいしい食事でさえ食べてもらえるのが難しいことが多いのに、お薬のお団子（お医者さまからの消化剤の粉薬とビタミンB、C、カルシュウムとレシチンの錠剤を摺りつぶした粉と、ビタミンEの液を混ぜたものの中にオリゴ糖のシロップでこねて柔らかいきな粉飴のようにしたもの。見た目はきな粉飴に似ていますが、味はきな粉飴のようにおいしいはずはありません）を嫌がることは度々です。今日もそうでした。えーいっ面倒臭いと、口の中に押し込んだら、怒ったこと、怒ったこと。目を三角にして私をぶちました。もうやらないからごめんなさいと言っても「駄目だ。赦してあげない」「どんなに謝ったって、赦してあげないっ」「死んだら――」、あれあれたいへんなことになった。化けて出てやる、とでも言うのかなと思っていると、母は続けて、「死んだらー、（墓から）掘り出して、殴ってやるっ！」。余りにも発想が奇抜なので私はおかしくなって、アハハハ笑い出してしまいました。それがまた気に食わなくて「なんだ！　笑うなんてっ！　怖がりもしないで。あなたバカだっ」。もうこれ以上怒らせると体によくないと思い、部屋を出てしまいました。

しばらくすると眠っていました。そして、一時間ぐらいして目を覚ましたので「おかあさま」と呼ぶとニッコリしてくれました。

五月二十日

かよちゃんが今日はバラをドロボーして来てくれました。私が帰宅したら、バラの花のそばで、母は小指にマニキュアをして眠っていました。かよちゃんにたのんだのだそうです。

食事は近頃よく食べてくれます。私が「とてもいい子に食べました。九十五点です」と言うと、「五点はどういうところで引いたの？」と聞かれました。

六月十一日

マンション建て替えの問題で、夕方六時から九時まで集まりがありました。会合の嫌いな五階の谷隈さんに母を看ていてもらうことにして、私が二人の代表で出席してきました。母の顔を見ていたら谷隈さんはご自分のお母さんを思い出し「お母さんと呼んでもいいですか？」と聞くと、「どうぞ」と答えたそうです。それで、お母さん、「はぁーい」、お母さん、「はぁーい」、お母さん、「はぁーい」と三回くりかえすと、そのあと、母は「何かご用なの？」と訊ねたそうです。いいえ、ただ呼んでみたかったんです。と答えると、「そーぉ。淋しいのね、あなた」と母が言ったとのこと。涙が出てしまったと谷隈さんは言っていました。

九時半過ぎのおそい夕食、それでも鯛でおいしそうに食べてくれました。普通の人の生活にとっては当たり前の出来事であるこのような会合は、今の母と私の生活にとっては苦痛です。

六月十八日から二十四日まで
〈熱と嘔吐《おうと》でウイルス性の風邪とのことで心配しましたが、二十四日に、ようやく平熱になり大喜び〉

六月二十六日
〈突然、真っ黒なタール便があり、急性の胃潰瘍で即刻入院が決定。後で考えると、十八日に始まった風邪のために、お医者さまがくださった抗生物質のカプセル剤を母がどうしても飲み込めなかったので、私が勝手に中の薬をカプセルから出して蜂蜜に混ぜて飲ませていたことが原因だと思います〉

六月二十七日
〈私と一緒に入院。私は勿論、休講。「紅葉《こうよう》のとき」の中の「すてきな事件」の項の〈お空が見える〉の出来事はこの日にあったこと〉

六月二十七日から七月二十四日まで
〈この期間が入院していた時ですが、「四年目」の前書きでも述べたように、病院での出来事は省略して、いくつかの母の語録を書くにとどめたいと思います〉

六月二十九日

夜になって輸血の効目が出たのか、少しお喋りをするようになりました。嬉しくなって、うれしーい、おかあさま大好き。と私が言うと、母は「わたしも、よう子ちゃん大好き」。いちばん好きなのは誰？　と多分私を指してくれることを期待して聞いてみると、しばらく考えたあと「やっぱりー、わたし自身だなぁ」と答えました。

七月二日

小さいながらも部屋は個室ですし、看護者も我が家にいる時と同じメンバーなので、母はここは我が家だと思っているのかもしれません。夜の注射のために看護婦さんが入って来ると、母は不機嫌になって「一言の挨拶もしないで入ってきた」と文句を言いました。ここはおかあさまの家でなく病院なのですよ。病院という所はね、おかあさま、プライバシーのない所なんですよ。

七月十日

暑いせいか母は不機嫌です。すぐそばにはゴミ箱、共同冷蔵庫があるので、付き添いの家政婦のオバサン達が母の部屋の前で喋っています。「ゆうべは暑くて眠れなかったよ」「寝間着を三枚も洗ったのよ」「ベンジョが臭くってかなわないよ」「糖尿の人がひっかけるんだよ」（ひどいことを言う！）等々。
母は眠そうな、不機嫌な顔をしています。私が「うるさいアッパ（岩手県の方言でオバサンの意味）だわね」と言うと、母は頷きました。気分発散法にと、私が「うるさーいって言おうか？」と言うと、母はニコッとして「うるさーいっ」。馬鹿アッパー、「馬鹿アッパー」。あっちへ行けーっ、「あっちへ行けーっ」。とっとと行けーっ、「とっとと行けーっ」。くそアッパー、「くそアッパー」。……（あとは省略）……母はニコニコと面白そうでした。

七月二十三日
前に母のことを「かわいいーっ。赤ちゃんみたいな顔して、かわいいおばあちゃんだぁ」と言ってくれた看護婦さんが「検温でーす」と、入って来ました。母は「なーに？」と聞き返しました。もう一度「検温です」と言ってくださったのですが、まだ分からないでいる様子なので、私が「お熱を計りに来てくださったのよ」と言い直しました。すると母は「なーんだ。やさしい言葉がある時はそれを使えばいいのに、ケンオンなんて言うから分からないのよ」と言いました。看護婦さんは「やられちゃった。本当ね、ごめんなさいね。でも、美川さんは耳もしっかりしているし、とてもはっきりしているわ」と褒められました。

七月二十四日

今日は待ちのぞんだ退院の日です。深雪ちゃんが九時半、やちよさんが十時過ぎに来てくれて、十一時半頃に病院に「さよなら」をしました。入院した時と同じく寝台自動車で帰ったのですが、母は入院の時のようには顔を輝かしませんでした。輝かしたのは帰宅してからでした。自分のベッドに寝ている母の顔はなんとも幸せそうで、「ありがとう、ありがとう」の連発でした。

八月十九日　M

聖書を読んで、昨日の礼拝のメッセージのお話をすると、「うーん」「うーん」とおっしゃりながら聞いていました。そして「そう、そして泣いた人もいた?」と訊ねられました。いたかもしれませんね、おばあちゃまも泣きますか?　と聞くと、「わたしは泣かないよ」。それから今度は「わたしを笑わせて」とおっしゃるので、苦心惨憺《さんたん》、なんとか笑っていただきました。また間もなくして、「さっきの面白かったね。また笑わせて」と注文。でもなかなか難しいです、笑わせる方法って。

九月七日

アメリカから里帰りしたNさんが、伊藤さん達クラスメートと来られて時を過ごしました。

はじめはニコニコ話を聞いていたのに、アメリカの治安の悪さの話になってから母は落ち着かなくなって、帰られる頃にはプリプリ不機嫌になっており、さよならの挨拶もしてくれず、本当に困ってしまいました。失礼なことをしてしまいました。私には母がなぜあのように振る舞ったか分かるのですが……。

十月三日

夕食は「いらない、いらない」、おむつ替えは「嫌だ、嫌だ」でムズ子でした。でも、おむつ替えの後はご機嫌でした。私をドロボーとみなして、私の動きを見ながら、「ドロボーがこちらを見ています」「ドロボーが立って部屋を出ていきました」「ドロボーがまた入って来ました」「ドロボーが笑いました」……延々と、実況放送は今も続けています。只今もう夜中の十二時なのです。

十月四日

昨夜の今日だというのに、朝の四時頃からモゾモゾと音を出し続け、とうとう起こされてしまいました。体が痒いと言うのです。痒み止めの薬を飲ませるために、南瓜とミルクをお腹に入れてから、お薬。背中を掻いてあげていると、私の朝の目覚まし時計が鳴りました。やれやれ、これで一日学校で仕事かと思って、「おかあさまはかわいいのだけどねぇー」と言いかけると、母はそれを受けて「めいわくなのよねぇー」と結びました。

十一月十日

午後にEさんが直史君を連れて来ました。帰ったあと母の部屋に戻り、ごめんなさいね、お世話がいい加減になってしまって。と言うと、「いいわよー、慣れているから」と悪戯っぽく笑いました。そして直史君のことをいろいろと訊ねました。「いくつなの?」「なぜ来たの?」「あなたに英語を教えてもらいたいの?」「教えてあげるといいわよ。あの子血統が良いから上達するわよ」等々。

十二月四日

八十九歳の誕生日を祝い、感謝でした。
(「紅葉《こうよう》のとき」の「母も女です」の項のなかで義姉に恋と結婚のことを楽しく話したのはこの日です)

私とのお喋り——おかあさまは悪い子だけど、かわいいわね、「悪い子と、かわいい子はいつも組になるものなのよ」。あら、そう? 良い子と、かわいい子は組にならないの? 「そんなにうまくはいかないのよね」

十二月二十二日

昨夜というべきか、今朝というべきか、母は夜中の二時まで電気を消しても何をしても眠らず、「よう子ちゃん、起きなさいっ！」「あなたの名前を言いなさい」「鉛筆とノート持っていらっしゃい」等々、要求し続け、まいってしまいました。いい加減にしてちょうだい、おかあさま、夜中の二時なのよ。本当に悪い子ね、と言うと、「はい。良い子にしますから、鉛筆を持たせてちょうだい」と言います。仕方なく起きて、鉛筆とノートを持ってきて、持たせると、間もなく眠りました。

十二月二十三日

夕方、日中合作のかわいいパンダの物語のアニメがテレビでありました。母は「きれい」「かわいい」を連発しながら見ていました。そのあと、ビデオで世界プロフィギュアスケート大会を見せると、「よう子ちゃん、見てごらん、あんなに廻っているよ、きれいだよ」と一生懸命に見てくれ、あとで沁々と、「こういうの見ると、すごいね。わたし達の勉強なんて比べものにならないくらいたやすいね」と言いました。

十二月三十日

年の暮れには何かと仕事が多く、それに加えて賀状の版画作りで夜更かしが続きます。またそれを母の傍らでしているので、困ったことには、母が私の夜更かしにニコニコと付き合うのです。徹夜してもいいから、あと一息だから今夜中に版画を刷り上げてしまおうと思って頑張っていた夜中の二時頃、ご機嫌で目をパッチリ開けていた母が私に話しかけました。「ねぇ、よう子ちゃん、背中を熱っいお湯で拭いて、それから掻いて」。やれ、やれ、やれ、やれ、あと一息だというところなのにーと、思わず言ってしまいました。すると母は、「あなた生まれたんでしょう?」。生まれたんでしょうって、何のこと?「あなた、わたしから生まれたんでしょう?」。そうよ、おかあさまから私は生まれたのよ、「それなら返しなさい」。返しなさいって何を?「恩を。恩を返しなさい」。今はもう十二月三十一日。夜中の二時に大笑いしてしまいました。

そうね、版画作りよりも、おかあさまの背中の痒いことのほうが大事件よね。

五年目　(一九八六年　八十九歳)

母とはいろいろな話を楽しむことができるのは以前と変わらないのですが、赤ちゃん度はやはり進んでいるように思えました。昨年の終わり頃から、友人の息子さんだからと引き受けて始めた直史君との英語の勉強は、大抵は無事に行うことができましたが、時々は母の妨害にあうこともありました。常に皆の注意の中心にいることに慣れてしまっている母は、二時間自分が無視されるのは少々居心地がよくなかったのでしょう。親しい間柄であるので、我が家の状況を理解してもらい、次の二つの事を了解していただいて始めたレッスンでした。一つは、母が具合が悪い時は休みにすること、また直史君が風邪をひいた時には、若い直史君には大したことではなくても母は抵抗力が弱いので感染しないために必ず休んでくださること。もう一つは、母のベッドの傍らでレッスンをすることでした。

ところが、その自分の傍らで進行しているレッスンに母は参加しようとして邪魔をするのです。「はい、そこで感想を言ってください」と割り込んできたり、私が無視してそのまま進めていくと怒ったり、それでも私が知らんぷりしていると、「直史くーん、直史くーん」と妨害して、直史君はついに笑い出して勉強を中断せざるをえなくなったこともありました。またある時は、直史君が私の用意した蒸かしたての中華饅頭をおいしそうにモグモグ食べているのを見て、多分自分も欲しかったのでしょう、「嫌だー、食べないでー」「ねえ、よう子ちゃん、とめてー。食べさせないでー」と言い続けたのには閉口しました。学校から直行して来るので、お腹を空かしている直史君が無視して平然と食べてくれたので助かりましたが、何とも困ってしまいました。二つ三つの子供に対しては説得の術《すべ》がないのと同じでした。

「紅葉のとき」の中の「会話」の項で「心の耳」に書きましたが、軽い風邪がきっかけになって母が何に対しても反応しなくなり、食事を受けつけなくなった出来事は、この年の十二月にあった事でした。そしてこの事があった後、友人が勧めてくれた「在宅看護研究センター」という有能な看護婦の方達のグループの協力を、お医者さまも了承してくださり、受け始めることになりました。

*

一月四日
　直史君の今年初のレッスンをしました。母は大人らしく年始の挨拶などしていました。

一月二十二日　M
　テレビで結婚についての番組がありました。「もちろん、わたしもするわよ」と。これからも良いお話があれば、おばあちゃま結婚なさるそうです。

二月六日
　夜、ウンのあとご機嫌でした。でも、こんなこと言っていました。「わたし、ウンは嫌いなの」。どうして？「だって、めんどうくさいんですもの」。あら、おかあさまはただするだけよ。お世話や後の始末は私がするのよ。「すまないわねぇ」と本当にすまなそうに言うので、とんでもない。おかあさまがウンをすると、私も気持ち良くなるのよ、と言っておきました。

「そうお、ありがと」

二月二十六日

ここ三日間フィリピンの動乱で私がテレビのニュース番組をよく見るせいか、母はなんとなくその渦中にいるようです。「まぁ、あきれるわねぇ」とか「馬鹿なことするわねぇ」とか言っているので、分かるのかな？　テレビは母に不安を与えないために消さなくてはいけないかな、と思いながらも、ついつい見ていました。私が用事で部屋を出たりすると、不安がって「チョット、チョット。ねぇ、チョット、チョット」と言って呼びます。ここに傍でずっと座っていろと言います。それで、側に座って仕事をしていると、私を諭《さと》すような物の言い方で、「よう子ちゃん、あなたはじっとしていてよ。黙っているのよ。自分の思うことを言っては駄目よ。言うとひどい目にあうんだからね。ね、分かった」と言いました。おかしくなってしまいましたが、よく考えてみると、私をよく知っている母の心配として頷けるし、また、明治生まれの母の生き方を表している言葉でもあるので考えてしまいました。

三月七日

昨日から私の具合が悪いのは、この年になっての耳下腺炎（おたふく風邪）であることが判明しました。母は既にこの病気は済ませていることを、とし子叔母さん（母の妹）から知らされ、安心と馬鹿馬鹿しいのとでがっくりきてしまいました。この年になって子供の病気をするのは却って辛いものなのだそうです。二、三週間すると治るから、最小限の看護をしながら頑張ってくださいとお医者さまに言われました。

三月九日

私は細長いアイスノンで耳下腺のあるところを冷やすと気持ちがよかったので、アイスノンを固定するため、昔ながらのおたふく風邪のファッションで布を顎の下から耳の後ろに廻して頭のてっぺんで結んだ恰好で看護をしていました。母は物珍しそうに私の恰好を見ていましたが、「わたしにもそういうのを結んで」と頼みました。ガーゼの布を長く切って、おたふく結びに結んであげると満足気でした。一日中それを解くことはさせず、満足そうな顔をしていました。母はお洒落をしていると思っていたのでしょう。

三月十日

おむつ替えをするのも少々苦痛だったので、母に今からおむつ替えをするけれど、私が元気でないからイヤイヤを言わないで良い子で協力してねと言うと、「うん、分かった」と言いました。

コロリンして後ろ向きしている間中「良い子しているよ」「良い子しています」と繰り返し

言っていました。終了して上向きに寝せると、「良い子だったでしょう?」と念を押しました。何ともかわいい大きな赤ちゃんです。

（註）私のおたふく風邪は二十日ぐらい経つとよくなりました。

四月五日

いろいろなことを言います。悪いことばっかり言って、悦に入っているのです。おかあさまは良いことを言っているときと、悪いことを言っているときと、どっちが気持ちがいいの?と聞くと、ニコッと笑って、「ご想像におまかせします」

四月六日

（「私の振り袖」の項に書いたことを母が話してくれた日）

五月二十日

母は何のことについてかは分からないのですが、機嫌よくお喋りをしています。「ねぇ、よう子ちゃん、これはね、センサイイチグウのことなんだよ」。センサイイチグウって、どういうこと?「千年に一回しかないような良いこと、っていうことよ」。まさしく「千歳一遇」のことを意味していました。

六月二十四日

夜、何やら車に乗っている様子です。ニッコリと笑って「銀座に来たら教えてね」。銀座で何をするの？「きっぷを買うの」。きっぷを買ってどうするの？「電車に乗るの」。電車に乗ってどこに行くの？「銀座に行くの」と言ってニッコリ笑いました。しばらくすると、「ねぇ、よう子ちゃん、わたしにきっぷを持たせてくれる」。地下鉄の回数券の不要の部分を切って持たせると、とても嬉しそうに手に持って眺めていました。

七月二十八日　K

とてもご機嫌なお顔で過ごされました。そしてとても面白いお喋りを楽しませていただきました。おいくつですか？「もう六十」。今まででどんなことが楽しかったですか？「ラケットでねぇ」。何の？「テニスの」「わたし、おてんばだったの」「だから、男とは仲良かったの」「美川さんじゃなくって、美川くんって呼ばれたの」「間違って女に生まれたのよ」「相手はいつも男だったのよ」……。楽しい一時でした。こんな話は初耳でした。それから、こんなことも言われました。「オチンチンつけ忘れて生まれてきちゃったのね」と。思いがけない言葉にケラケラ笑ってしまいました。

（註）母のオチンチンの話には私は驚きませんが、男性相手にテニスばかりやっていたという

話は、それまで聞いたことがありません。また母の時代を考えても、これは多少創作が入っているのではないでしょうか。だとすると、母はこんなことに憧れていたのかと興味をもってしまいます。

八月四日　M

突然、「困っちゃった」。どうして？　「お嫁の申し込みが沢山きて」。誰の？　おばあちゃまの？「うん」。幸せね、「うん」。いちばん幸せになれる人を選びましょう、祈って。「うん」。とってもかわいいおばあちゃまです。

八月九日

午前中、母が眠ったのを見て、大急ぎお医者さまのところに薬をいただきに走って行って、帰ってきてみると母は目を覚ましていました。「よう子ちゃんが入って来たら、とっても嬉しかったわ」と言うので、淋しかったの？　と聞くと、「何も音がしないから、誰もいなくなったのかと思っていたら、カタカタカタって音がして、あなたが入って来たの。嬉しかったわー」

八月二十二日

夕方、うーん、うーんと力んでいるので、ウンをしましょうか？　と聞くと、すぐ頷きました。これは近いぞと思い、もう出てしまった？　と訊ねると、「今、もう、まさに」と答えました。大急ぎで支度をすると、そのとおり「まさに」というところでした。済ませたあとの機嫌の良い顔といったら！

八月二十六日

（「母も女です」の項の最後のところで、母が「春」という漢字の筆順を面白く説明してくれたことを書きましたが、それはこの日の出来事でした）

九月三日

今朝、おむつ替えをしようと思って見てみると、軟らかいウンが出ていました。どうしたのでしょう。お湯できれいにしていると、母は「すみません」としきりに言います。どういたしまして、こんなこと何でもないことですよと言うのですが、恐縮し続けています。「なんでしたら、よう子をお呼びくださるといいと思いますが……」。私がよう子ですけど、「いいえ、そのよう子ではなく、美川よう子をお呼びください」。その美川よう子でございますが、「いいえ、わたしの実の娘のよう子です」。私はおかあさまの実の娘のよう子ですよ、忘れちゃいやですよー。そう言うと、だんだん私が娘のよう子に見えてきたらしく、ニッコリ笑いました。

九月十四日

テレビで老人看護の問題のシンポジウムがあったので、私が見ていました。母に悪影響はないかなと、そっと様子を見ると、私の目と母の目と合いました。すると母は「おかしいねぇー」と言って笑いました。何が？　と聞くと、「だってー、この人達（パネリスト達）どうせ出来もしないこと一生懸命に喋っているんだもの」

（十二月の初旬に軽い風邪をひいたあと母は何にも反応しなくなり、もう駄目かと思った辛い時を通り抜けました。十二月十九日から在宅看護研究センターの方々の協力をお願いすることになりました。そして年の暮れを迎えることができました）

十二月三十一日

テレビで除夜の鐘を鳴らす映像を見て、母に新年の挨拶をしました。「ご苦労さま」と言ってくれました。新しい年の御守りを祈りました。

六年目 （一九八七年　九十歳）

六年目の初めの頃に、五年間、月曜日に母を看てくださり、来る途中によく花泥棒をしてきては母を楽しませてくださったKさんが、来ることができなくなりました。考えた末、義姉に週に二日来てもらうことなりました。私にとっては、週に二晩、体を休めることができるのは有り難いことでした。

またこの年は、母が食事がすすまないので皆が苦労をし、普通の食事から栄養が凝縮したような流動食に近い食事に変えた年でもありました。この変更はたいへん効果が良いものであることが分かりました。

食事では苦労をさせられましたが、母は機嫌はすこぶる良く、看護日誌を読み返してみると、母の笑顔が何ともすてきだと書かれてある日が多く目につきます。

＊

一月一日

新年を迎えることができました。感謝。昨年までは正月の三箇日だけは我が家風のお雑煮を胡桃で食べてもらうことにこだわり続けてきましたが、今年は安全第一、お雑煮とおせち料理を母のテーブルに置くだけにして、きんとんと錦玉子を少し食べさせ、お雑煮はお汁だけを少し飲んでもらって、あとは流動食にしました。

福岡の淳ちゃんから電話。

一月三日

今日は少しイタ子さん。母の鼻を指して、このかわいい方は何というお名前ですか？ と、私が聞くと、「みかわ・ようこ」と答えました。私の名前もみかわ・よう子といいますけど、と言って少し間をおいてからもう一度、このかわいい方のお名前は何といいますか？ と聞くと、今度は「みかわ・とく」と返事をしました。では、みかわ・よう子は誰ですか？ と聞くと、「それはマヌケな人」とニッコリとしました。

兄から電話。

一月十九日

今日はいろいろなことを話したり、感想を言ったりするので、嬉しくなりました。

①テレビで歌舞伎の勘九郎の二人の小さな坊やが初舞台を踏むまでのドキュメンタリーがありました。涙ぐましいような、またかわいらしい姿に私が、かわいいわねぇ、と言うと母は、

「かわいいけど、何だかかわいそうになって涙がこぼれてしまう」と言いました。
②夜のおむつ替えの時、母のお腹がポンポコに膨れていました。おかあさまのお腹が大きくなっているからヨーグルトにフラクトオリゴ糖を入れて食べましょうねと言うと、母は笑って「そんなはずはないでしょう、だってぇ、結婚していないんですもの」と言いました。
③一昨日から、どうしたのか団地の門の側におとなしい犬がいて、夜中、また早朝に悲しそうに遠吠えをします。私がそれを聞いて辛がると、母は「気にしないように努めるのよ」と諭してくれました。

二月一日

ウンが気持ちよく出ました。お夕食の後でした。そのあと、母の脇に座ってテレビを見ていると、母が楽しそうに私の顔をじっと見ています。何しているの？「よう子ちゃんの横顔を見ているの」。どうして見ているの？「かわいいなぁ、と思って見ているの」。こんなこと言ってくれる人は母以外には絶対にいません。

二月五日

夕食前のおむつ替えの時、ウンをさそったのでしたがイヤイヤ。
夕食はとてもおいしそうに、デザートまで要求して食べてしまいました。

それから間もなく眠らせる時間になった頃に、母は「どうしよう、赤ちゃんが生まれそうなんだけど……」と焦っています。ははーん、ウンだなと思い、大丈夫よ、私が取りあげますからね、と言って準備。間もなく、ウンが生まれました。赤ちゃんが生まれないで、ウンが生まれちゃったわと報告すると、「まぁ、予想もしていなかったわ」と吃驚した顔をしました。その後は、とてもご機嫌でした。

二月八日

しばらくいなくなっていた迷い犬がまた団地に戻って来て、夜になると悲しそうにウホー、ウホーと遠吠えしています。母は「ほら、また啼いているよ。どこか痛いんだよ、きっと」「ほら、また啼いている」と切ながります。母や私をこんなに悲しませて、飼い主は今、何をしているのかしら。きっと引っ越しで置き去りにして行ってしまったのでしょう。

二月十日

折角おいしく作ったおかゆ、喜んでくれると期待していたのに、母はぐずぐず言うので、遂に私はヒステリーを起こしました。母はますます意固地になりました。

悪いことをしてしまったと後悔したので、お詫びのしるしにと讃美歌を歌ってあげると、すぐ御機嫌になりました。ニコニコと私の顔を見ながら、「歌えるじゃない」とのお褒めにあずかりました。

二月二十二日

朝に目を覚まして「よう子ちゃん、赦してちょうだい」と悲しそうな顔をして言います。どうして？　と聞くと、「わたし、体の具合を悪くしてしまって……」と言います。そんなこと赦してなんて言うことないわよ。と言っても、「ねえ、赦してちょうだい」と繰り返します。それで気持ちが休まるならば、言いましょうか。いいですよ、赦してさしあげますよ。でも体の具合が悪いの？　と心配になって訊ねると、「赦してもらったら治っちゃった」と明るい顔でニッコリとしました。

二月二十三日　M

私がお部屋に入ってきた時は眠そうにしていらっしゃいましたが、食事の少し前の頃からニッコリ。百万ドルの笑顔です。お土産に持ってきたプーと鳴って飛ぶゴム風船を、面白そうに、アハハハと笑いながら見てくださいました。

三月十九日

（「お医者さまのこと　Ⅱ」の項で白状した、私がヒステリーを起こして母のベッドの背を立

てて懲らしめて、翌日お医者さまの往診をお願いした日）

四月十八日

母は今日は終日悪い子。入浴サービスの時も「もうやめっ」「痛いっ」とか「出してぇ」とか言いたいことを言いまくっていました。サービスの人達が、はい、はい、もう終わりですよ、と言っているのは当然母を宥《なだ》めている言葉だと思っていたら、何と、サッサとお湯から出してベッドにつれてきてしまいました。ベッドメーキングを済ませる時間さえありませんでした。嫌がったからと言って、顔もきれいでないままでした。私は腹が立ってしまいました。彼らが悪いのか、母が悪いのか、誰に向かって腹を立てていいのか分からなくて、ムカムカしました。我が家に彼らが到着してから出ていくまでの時間は全部で四十五分間。

食事の時も母は悪い子でした。私が不機嫌な顔をしていると、母は例の百万ドルの笑顔でニッコリ。愛嬌で誤魔化そうとしても騙《だま》されませんぞ。

四月二十一日　E

今日は睡眠が余りよくとれませんでした。風が強くヒューヒュー鳴りますと、「子供が泣いているわ」と気になさいました。選挙の宣伝カーがひっきりなしに通りますので、「何さわいでいるの？」と気になさいました。でも、ご機嫌はよく、お話をよくなさいました。食事は順調でした。

六月一日　　やちよ

今日は気持ちよく眠り、よく食べ、とても元気でした。ウンの時のお喋りもとてもとても元気で、私は何度も「殺されました」

（註）母はよく機嫌が良い時は、私や義姉に「バカ」だとか「殺すぞ」だとか言って、楽しそうに凄んでみせます。

六月十三日

入浴サービスの日。母は入浴サービスの人達が親切な人か雑《ざつ》な人かを敏感に感じとるらしいのです。今日の黒一点であるお兄さんは母のお気に入りの力持ちで優しいお兄さんでした。今日はおかあさまの好きなお兄さんだからよかったわねと言うと、母は「よかった」と言います。力持ちのお兄さんだから安心して入浴しましょうねと言うと、「安心して入浴する」と言います。母が、聞いた言葉を繰り返して言うのに気付いたお兄さんは、「おばあちゃん言ってごらん、『今日のお兄さんはいい男だ』って」と言うと、母は「いい男だ」。お兄さんはそれを何回も母に繰り返し言わせては喜んでいました。

七月十六日

何やらお茶を作ることを考えているようです。「お茶を一斤作るのに要する材料の値段はいくらなの?」。百円よ。「出来上がったお茶はいくらなの?」。百五十円よ。「トクしたね」。いくら得したの? 「五十円よ」。よく分かったわね、えらいわね、「かんたんだよ、百五十円ひく百円だから」

七月十九日

(「紅葉のとき」の中の「買い物」の項に書いた、私が買ってきた虹色に光るクリスタルのペンダントとイヤリングを母が欲しがったのはこの日でした)

八月十日　M

面白いお話をしました。

おばあちゃまお元気ですか? 「うん、でも元気すぎて困っている」。どうして? 「いじめられるの」。誰に? 「うちでは親父……それからお姉さん、母親に」「『女らしくなれ』って、……働いて、叱られて、損な立場よ」。そうね。その時どうするの? 「泣くの」。泣くと赦してくれる? 「……」「うちでは下の子に沢山食べさせて、わたしにはくれないの」「学校では成績がいいから……」。ああそう。妬まれるのね、「そうなの」……「兄貴はいじめるし、わたしどうしたらいいか……」。イエス様にお祈りすれば？「イエス様もいじめるよ」。あれ？イエス様は泣いている人の味方よ。おばあちゃまのお話、何かのお芝居のお話と混ざっちゃったんじゃなぁい？「そうかもしれない」

それから間もなく、眠りに入りました。

（よう子の感想）

なんだろう、この創作物語？　日本版「あわれなシンデレラ物語」？　それに母には「お姉さん」はいません。

九月二日

夕食、おちょぼ口でおかしな食べ方をするので、なぜちゃんとお口を開けて食べることをしないの？　おかあさまは人間でなくてウサギなの？　と言うと、「わたしサル」

九月十二日

直史君のレッスンを母は側で最初はおとなしく見ていましたが、日本語に訳させる段階になると、テキストの内容が、人間の手によって動植物のバランス、自然のバランスが失われていく、という内容だったので、騒ぎ始めました。「たいへんだ、たいへんだ、そんなにのんきに勉強なんかしている場合ではない」と、レッスンを邪魔しだしました。直史君は笑うし、注意が集中できなくなり、とうとう中止にしました。

十月五日　やちよ

午前中はぐっすり眠り、そして食事もよくいただけました。ウンの最中の会話はいつもながら楽しいものでした。「わたしの言う事をよく聞いたら、今度ご馳走してあげるから」。その心は、もう体を拭いたり、触れたりしてほしくないからでした。

十月十日

なぜだか分かりません。私は今朝、母は今日は字を書くだろうと感じたのです。それで、「おかあさま、千春から結婚式への招待状がきているのだけど、どうする？　行く？」と聞いてみました。頷きました。「ではおかあさま、この葉書にそう書いてくださる？」と言って、「お言葉をひと言お願いします」と書かれた返信用の葉書と鉛筆を出すと、母は「何と書けばいいの？」と聞きました。簡潔で易しい言葉でなくてはと思い、「『いく。トク』って書けばいいわ」と私が言うと、母は漢字で「行く　トク」と書きました。弱々しい薄い鉛筆の筆跡でしたが、昔のままの懐かしい母の筆跡でした。

（註）この字が母が書いた最後の字になりました。これ以後、母は字を書いたことはありませんでした。この葉書は貴重な思い出の品になったので、母の召天後に姪の千春から返しても

らって、今は私のアルバムに貼られてあります。但し、十月二十五日の結婚式には母は出席できませんでした。

十月十四日　M

私がお弁当の時間に持参のバナナを食べようとしていると、おばあちゃまがじっと見ていらっしゃるので、「召し上がる?」とお訊ねすると、「うん、食べる」。おいしそうに半本召し上がりました。昨晩は夕食を拒否なさったと日誌に書かれてあるので、柔らかいし、差し上げました、細かくして。

（註）この頃は食事は流動食でしたから、このようなことがあると私達は嬉しくてたまりませんでした。

十一月二十三日

母が面白いことをしました。私が部屋を出たり入ったり動いていると、「よう子ちゃん、よう子ちゃん、ここへ来なさい。ここへ来て座りなさい」と呼びました。はい、と言って母の傍に座ると、私の頭を撫でてイイコイイコをしてくれました。そして、「はい、今度はおちちを飲みなさい」と言うので、ブタの子みたいにオッパイを飲む真似をすると、「もっと沢山飲みなさい」と言ったあと、「こんどお菓子を買ってあげるからね」と、それはそれは嬉しそうに目に涙を浮かべながら、「おかあさんごっこ」をしてくれました。

十二月七日

雪のあとで寒い一日でした。帰宅のあと疲れて眠かったので、一時間ほど眠りました。目が覚めてすぐ母の部屋に行くと、心細そうに静かにしていた母は私を見ると、「あらー、何処に行っていたの?」と懐かしそうに訊ねました。眠っていたのと言うと、「まぁ、そう」。そしてしばらくして「あなたのお名前は」と聞くので、美川よう子、と答えると、「まぁー、あなたも美川よう子? じゃ、双子なのかしらね?」。おかあさまも美川よう子っていう人を知っているの? 「そうよ」。その人はおかあさまの何? 「あの……、あの……、美川よう子はわたしだと思うの」。あーぁ、面白い。

十二月二十七日　M

ウンの前のおしゃべり。

あといくつ寝たらお正月でしょうか? 「あと五つよ」。すごい! ズバリ。

私がお茶わんを洗ったりしていると、「もうガタガタ働かないでいいよ、道楽しようよ」。ご馳走を作らなくてもいいんですか? 「いいよ、いいよ、もうのんびりゆっくりしようよ」。そしてニコニコして私の手を握って放しません。思わず讃美歌を歌いました。いつもの、「われ弱くとも恐れはあらじ……」。おばあちゃまも、昔のような調子ではっきりと歌ってくださいました。ウンをしなくてもよければ、いつまでもずーっと続けていたいような楽しい時でした。

七年目（一九八八年　九十一歳）

冬は恐ろしい時期です。毎年この季節には母は風邪をひいてしまいます。この年もそうでした。一月半ばからはじまった風邪が二月半ばまで続き、心配の一ヵ月を過ごしました。風邪をひいて具合が悪い間は、母はほとんど何も話さず、私の心細さは倍増します。恢復してから、すこしずつお喋りするようになりましたが、でも以前より無口になっていく様子です。大きな風邪をひくと、やはり大きく一段下がっていくようです。

こうした母の体調の不安が続く中で、ゆき（母の孫）が入試で福岡から上京したり、それに続いて合格発表、アパート探しと、私も否応なしに巻き込まれざるを得ませんでした。看護という大きな出来事の中にあっても、看護する者は普通の社会生活を休むわけにはいかないのが辛い事です。

またこの年の夏、母の背中にポツポツと膿をもつ湿疹《しっしん》ができました。往診して診ていただくと、「とびひ」という赤ちゃんにだけできる湿疹とのことでした。体も赤ちゃんになるのでしょうか。

*

二月二十三日

風邪がやっと抜けたのでしょうか、母はかわいい顔をして私をじっと見ていました。その顔を指でポンとふれて、このかわいい方のお名前は何といいますか? と聞くと、「みかわトク」と答えました。もう一度聞くと、また「みかわトク」と答えました。ほぼ一ヵ月ぶりに聞く母の声でした。

二月二十五日　　やちよ

雪の寒い日でした。でも、久しぶりに以前のように、「よろしく」「ありがとう」「ご苦労さま」などのおばあちゃまの言葉が聞かれました。

三月三日　　やちよ

今日はお節句。お雛さまを見て、これを買った時のことを思い出しました。見れば見るほど、よくできているお雛さまです。

すっかりおばあちゃまは元気恢複です。「あなたも大バカ、よう子も大バカ、わたしは大リコウ」とニコニコとご満悦です。何も言わなかった一ヵ月、どんなにか体が辛かったことだろうと思いました。

三月十五日

ウンのあと、ご機嫌で「奈良の女子高等師範時代」の事、「三寮の四舎にいた」事、「にしごり先生」の事など話してくれました。おかあさま、かわいいわねと言うと、「にしごり先生」の口ぶりで、「そうでやすわ」と答えました。

三月二十六日

風邪で用心して停止していたのですが、今日は一月六日以来の入浴サービスの日でした。入浴中の四時頃から、外は雪が降り始める寒い日でしたが、母は二ヵ月半ぶりのお風呂をとても元気に機嫌よく入りました。入浴中も二度ほど「あーぁ、気持ちが良い」と言って、入浴サービスの人達を喜ばせていました。出てからも、「とっても気持ちが良い」を繰り返しました。どこが気持ちいいの？　と聞くと、「からだ全体が気持ちいい」

四月二十五日

夜のおむつ替えのあと一時間以上延々と背中を掻かされました。私が飽きてしまって、もうこれくらいでいいでしょうと頼むと、「もう少しお願いします」と繰り返します。十五分ぐらいして、もう一度たのむと、「長続きする人をよこしてください。お願いします」と言いました。しばらく続けていましたが、くたびれてしまいました。もう十二時過ぎてしまいましたよ。嫌になっちゃうなぁと愚痴ると、今度はよそいきの言葉で、「あのー、申し訳ございませんが、娘のよう子を呼んでいただけないでしょうか」。私がよう子でございますが、と答えると、「いいえ、わたしの実の娘のよう子を呼んでいただきたいのでございます」。実の娘だったら、愚痴るなんてことはしないはずだ、ということでしょうか。

五月十五日

夕方悲しそうな顔をして、「娘が死んでしまったの」と言います。娘の名前は何というの？と聞くと、一生懸命考えていましたが、思い出せないらしく、こんどは、「あのね、ホタルが三匹死んじゃったの」と悲しがります。では、この次は元気なホタルを買ってきましょうね、と慰めたのですが、「でも、死んだホタルも三匹とも元気なホタルだったの」。しばらくの間、ホタルの死を悲しんでいました。

六月十一日
　入浴サービスの日。だっこして入れてくださる看護の男の人は、母のお気に入りの力持ちのお兄さんです。例の、母に「いい男だ」と言わせては悦に入るお兄さんです。入浴の間中、「お兄さん」、はーい、「お兄さん」、はーい、と呼び続けていました。お兄さんも気を良くして、よく面倒をみてくれていました。帰りぎわの最後に、母は「今日のお兄さんはいい男だ」と言わされていました。

七月十六日
　朝、母のベッドの傍で私が着替えていると母は目を覚ましてニッコリ。しばらく私のすることを見ていたあと、「あなた、裸でもきれいだよ」と言ってくれました。今までこんな言葉を言われたこともなく、これからも生涯ないだろう私にとって、何とすてきな褒め言葉なんでしょう。

七月三十日
（「下り坂」で書いた、母が三歳半の結子ちゃんと互角になって言い争った日）

八月十四日

昨日も夜明け前の三時半頃「よう子ちゃーん、お返事してぇ」「よう子ちゃーん、顔を見せてぇ」と騒ぎ、今日もまた夜明け前の四時過ぎ頃から、何だか訳の分からない要求をして、私を困らせてくれました。私が「夏休みだからいいようなものの、学校のある時期に毎晩こう騒がれてはかないませんよ」と文句を言うと、「これぐらい、おとなしいほうよ」と言いました。おかしな母です。

九月十五日

夕方、テレビでお相撲を見ながら私がワーワー、キャーキャー騒いでいると、母は「うるさい」「やかましい」と叱りました。でも、顔は大して嫌がっている顔ではありません。そしておもむろに、「どっちが転んだっていいじゃない」

九月二十五日

季節の変わり目は体調が崩れるといわれます。そのせいか、母は今日は昏々《こんこん》と眠り続けています。教会から和氣さんと高野さんが訪問してくださったのですが、眠りから覚めませんでした。でも、和氣さんが話しかけてくださると、目は眠ったままニッコリと愛嬌をふりまきます。時々返事すらします。そして息遣いはスースーと眠っているのです。これは何なのでしょう。

十一月十二日

入浴サービスの日でした。男の人が二人と女の人が二人のチームでした。入浴サービスで来てくれる人には、やさしい人もいるし、そうでない人もいます。

今日来た看護婦さんはいつも言動が粗雑で、私も気になっていた人でした。母は敏感に反応しました。血圧を測ろうとする時に「おばあちゃんは何時も言うことをきかないで、手を伸ばしてくれないね」と、言いました。母は目の前にいるその人を指さして「わたし、この若いむすめさんが嫌いだなぁー」。するとそのむすめさんは「今日は何だかモウソウがあるみたいだね」。私はムッとしましたが黙っていました。しかし母は黙っていません。入浴の間中「いやだなぁ、このむすめさんが嫌いだなぁ」「この若いむすめさんがいちばん嫌いだなぁ」と言い続けていました。でも、そのむすめさんの態度は一向に変わりませんでした。

入浴後の体調を診に一人でそのむすめ看護婦さんが母の部屋に入ってきました。私は彼女がほかの所でほかのお年寄りに同じような事をするであろうことを考えて、「ぞんざいに扱われると敏感に反発するんですよ」と注意しました。するとそのむすめさん「この前来た時にはおばあちゃん、今日みたいなことはしなかった」と独り言みたいにつぶやきました。

十二月十二日

今日私は迂闊《うかつ》に「水戸黄門」をテレビで見ていました。仇討《かたきう》ち物語でした。当然、悪者が登場します。テレビが終わって、母の顔を見て吃驚《びっくり》しました。こんな母の顔は見たことがないと思うほどの険しく冷たい眼をしていました。一生懸命なだめて三十分ぐらい経つと、その表情は消えましたが、話に聞く、不安と猜疑心《さいぎしん》に満ちた心のお年寄りは、きっとこんな顔をしているのではないかと思いました。

十二月二十日

夜、「うーん、うーん」と力むので、おむつ替えの時に、ウンを出しましょうか？　と聞くと、「いいえ、まだ、もよおしません」との答えが返ってきました。面白い言葉です。

八年目　（一九八九年　九十二歳）

八年目の前半はよく話をしてくれましたが、後半に入ってくると、だんだん言葉少なになってきました。でも、無口にはなってきていても、ニコニコと愛嬌はふりまいていましたし、目が合うとニッコリと笑う、挨拶すると微笑み返してくれました。ですから私達は以前と同じように母が私達に話しかけてくれるような気分でいました。話しかけるとニコニコしながら頷いてくれたり、首を横に振ってくれたりするので、充分に意思の疎通はできました。ときどきは「よう子ちゃん」と呼びかけてくれたり、「バカ」と楽しそうに言ったりするので（母はどういう訳か、機嫌がいいと楽しそうにこの「バカ」を連発するのです。多分、何をしても自分を受け止めてもらえることを確認しているのではないのかと思います）、母から言葉が消えていっているとは、それ程思わないで過ごしていました。でも、時として突然以前と同じようにお喋りをしてくれると、私は前の何倍も嬉しくなるのでした。

またこの年の五月に義姉の八千代さんの実家のお父さんが亡くなりました。母が寝たきりになった時には元気だった方達が、何人先に去っていかれたことでしょう。

＊

一月七日

天皇陛下が崩御されました。私達、そして母にとって昭和は激動の時代でした。それでも母は天皇陛下が好きでした。天皇陛下がお病気で亡くなったのよ、と伝えると、母はキョトンとした顔をしていました。分かる？　と聞くと、「分かんない」。そうね、分かんないでいいですよね。

一月八日

食べたくない母が、食べさせようとする私に反抗して、私の顔をめがけて空手チョップしてきます。次には私の指を反らせるように折ろうとして、私が悲鳴をあげても、なおそれをやり続けます。イタタタタタ、何をやりたいの？「コロスのだ」。あら、殺したいの？「うん、コロスのだ」。よう子が死んでもいいの？「それは困る」。よう子が死ぬのは嫌なの？「うん、ぜったい嫌だ」。私は安心しました。今の母には、「コロス」ことは死ぬことと何の関係もないことのようです。

一月九日

いつもの私のラブコール「おかあさまは私の宝物」を言うと、母は「あなたのほうこそよ」と言いました。あなたのほうこそって、どういうこと？と聞いてみると、「よう子ちゃんのほうこそ、わたしの宝物なの」と答えました。しっかりとした言葉のやりとりです。

一月二十八日

夕方から夜にかけて母はムズ子を延々と続けました。「あーぁ、嫌になっちゃうなぁ。おかあさまはかわいいけれど、トラブルメーカーねぇ」と私が言うと、母は「何言っているのか、ちゃんと分かるような言葉で言えっ！」と返ってきました。

三月十二日

お相撲の春場所の初日。母は一生懸命眺めていました。そして多分解説者の言葉を聞いていたのでしょう、私が母の部屋に戻ってくると、「ねぇ、よう子ちゃん、『大乃富士（大乃国か千代乃富士かのどちらかでしょう。たぶん大乃国だと思います）はこぼしてはいけない（取りこぼしてはいけない？）』って、どういうこと？」と説明を求めてきました。理解できない言葉を憶えていて、それを多少の不正確さはあるにしても、繰り返して言えたことが私には嬉しくてたまりませんでした。

三月二十一日

今日は悪戯を言いたい気分の日のようです。私の「よう子はおかあさまの何？」という質問に対し、一回目は、「何だかわけのわからない娘です」。二回目は、「ふつつかな娘です」。三回目は、「なんのとりえもない娘です」。私が大笑いすると、母も面白そうに「アッハッハ」と笑いました。

こんどは、「おかあさまはよう子の何ですか？」と聞くと、「まぁ、なんて言いましょうか、年とった姉というところでございましょうねぇ」

四月三十日

普段は嫌がる薬を飲ませようとしたら、今日はいつになく素直に口をパクッと開けてくれました。おかあさまは何て良い子さんでしょうと言うと、「穏やかな人だと思われたいから、そうするのです」と言いました。正直に腹の中の思いを言ってしまうから面白いです。

五月二十日

夜おむつ替えで横向きに寝返りをさせた時に、「掻いて」「掻いて」と背中を延々と掻かされました。もとの上向きに寝返りをさせると今度は、「頭を掻いて」「ねぇ、お願い」。次はお腹を「ここ、ここを掻いて」「ねぇ、お願い」。お腹だったら自分で掻けるでしょう。「手が届かないの」。嘘、ちゃんと届くわよ。「でも、あなたに掻いてもらうほうが気持ち良いのよ。自分で掻くと面白くないの」。しばらく掻いていると、「痛い、痛い」。じゃ、やめた。「それでは痛くない」。もう一時間も掻いているから嫌になってしまったわ。「嘘、一時間なんて掻いていない」「ねぇ、お願い」。腹が立つより先におかしくなってしまいました。

六月二十六日

昨夜、母の世話を全部やり終えて、私も母のベッドの傍らに寝ようとしていると、母は「長くなりそうだわよ」「長ぁくなるかもしれないわよ」と繰り返します。何が長くなりそうなの？　と聞くと、「わたしが死ぬまでの時よ」。いいですよ。長く長く長くかけてください。長く長く私と一緒にいてください。

八月十日

（「すてきな事件」の「落雷と停電」に書いた出来事のあった日）

八月二十九日

薬を飲ませようとしてもなかなか口を開けてくれず、開けてもおちょぼ口を少しだけ開けたかと思うと、すぐ閉じるのを繰り返すので、思わず私が「怒らせないでよっ！」と言うと、母はすかさず、「怒らないでよ！」と言い返しました。

十二月二日

三時頃、三浦先生と和氣さんのクリスマス訪問がありました。三時半頃までポケーッとして無表情でしたが、四時近くには、無言でしたがニコニコしてかわいく、お二人も喜んで帰って行かれました。

その後、私が、おかあさまはかわいいわね、と言うと、「うん」。おかあさまはかわいい赤ちゃん？「……」。かわいい赤ちゃんではないの？「うん」。ああ、赤ちゃんではないのね？

「うん」。では、かわいい誰？　「ミボージン」。かわいい未亡人なの？　「うん」

十二月十日

午後、団地の集会があるので、五階の谷隈さんに母を見ていただいて出席してきました。留守中、クリスマスが近いからと「きよしこの夜」と「もろびとこぞりて」を歌ってあげたら、母も一緒に歌ったと谷隈さんは大喜び。帰られる時、「楽しかったですね」と言ってくださったのに、母は「うるさい」。「またね」と言ってくださると、「駄目だ」。私が申し訳なくてハラハラしていると、谷隈さんはおかしそうに笑って、「かわいい。赤ちゃんみたいに本当のこと言うから、かわいい」と言ってくださったので、ホッとしました。

九年目　（一九九〇年　九十三歳）

ずっとニコニコと愛嬌をふりまいてきた母は、九年目の九十三歳になった頃からは少し違ってきました。一日の殆どを眠って過ごし、あの輝くような微笑みは余り見せてくれなくなりました。それでも、月に二回来てくれる入浴サービスの人達は、ほかのお年寄りに比べると母の顔は生き生きしていて表情があるとは言ってくれました。そうかもしれません。たしかに、かわいい表情は以前のままですが、無口で黙って私達を見ているだけなのです。

それでも私は以前どおりに母に話しかけるのを続けていました。ほかの看護の方達も同じようにしてくださいました。看護者が最初の時から殆ど全員変わらずにいていただけたのは何とも幸せなことでした。以前からの母を憶えていて、たとえ今母が話をしなくなっていても、以前と同じように母に接し、話しかけ、相手をしてくださいました。そのように暫く話しかけ続けていると、母もまた応え始めてくれることもあります。同じように、私達が歌をうたって聞かせていると、調子はずれながらも、一緒に「うーぅ、うーぅ」とハミングで歌います。そして短い言葉ではあっても、話してくれることがありました。

私は、母のなかからだんだんと言葉が消えていくのは、脳がどうしようもなく破壊されていっている故と思っていました。ところがある時、お医者さまが往診してくださった時に、元気がでるようにと注射をしてくださったことがありました。すると、その夜と、次の日一日中、母は以前のようにいろいろなお喋りをしてくれました。母の無口は脳の破壊が原因ではなく、体力の衰えが原因だったことを知り、励まされる思いで、前にも増して話しかけ続けていきました。

こんなこともありました。母がたいへん嫌がって強く反応する言葉があることを私は知っていました。その言葉は、「よう子が疲れて病気になって死んでしまってもいいの?」という言葉です。以前にこの言葉を私が言うと、母は悲しそうに「嫌だ!　それがいちばん嫌なんだ!」とすぐに大きな声で反応したことが何回かあったのです。この言葉はたいへん良くない言葉ですし、また母には残酷な言葉なので、使わないようにしていたのですが、この九年目に入って、母がうつらうつらとしている日が何日も続いたある日。何とかして母の反応が欲しくて、私はそっと、「おかあさま、よう子が病気して死んでしまったらどうする?」と言ってみました。母はパッと目を開けて、口を動かしました。声は何も出てきませんでしたが、その口の形がはっきりと「イ・ヤ・ダ」と言っていました。

この日から私は二度とこの言葉を母に言うことをしませんでした。そして、ただ一方的にこちらから話しかけ続けていくことにしました。私が敢えてこの懺悔《ざんげ》話をするのは、老いて物言えなくなった者も、心の内では物思う者であることを私達は憶えていなくてはならないと思ったからです。

母が物言わなくなったことと同時に九年目の大問題は、食事をするのを嫌がることでした。毎回異なる、そして味も良いし栄養もある流動食を、一回分二三〇ccで、一日に二時間の間隔で六回摂るといいのですが、母は一回分を飲み終えるのに一時間、時には二時間も延々とかけます。すると次の食事は少なくとも一時間の間隔をおかねばならず、一日の全部の食事を終えるのは夜中過ぎになることがしょっちゅうでした。また必要量を摂らせることができない日も度々でした。母のメニューはとてもおいしい物ばかりなのに、母はそれをまずそうにグチグチと口から漏らしながら飲むので、分量も減ってしまいます。母も疲れるでしょうが、看護する私も疲れ果てました。はじめはグチグチ飲む日は、看護者が私の時がほとんどで、ほかの人が看護する時には良い子に振る舞うことが多かったのですが、そのうちには看護者が誰であれ、一時間も二時間も延々と時間をかけるようになってきました。すると看護する者達全員が疲れてきました。

毎日毎日が食事戦争になると、私に関しては、疲労がヒステリーに昂じてきました。私が悪いことをしないで無事に一日が終わることは少なくなってきました。怒鳴ってしまったり、母の手を叩いてしまったり、もっとひどい時には母の頬を叩いてしまったこともありました。発作的にやってしまうのです。心が咎めて惨めでした。すぐに母を抱いて「ごめんなさい」と謝るのですが、惨めな気持ちは容易には消えませんでした。母はそのようなことをやられたあと一分もすると、けろりと忘れてしまって、ニコニコ微笑んでくれることがほとんどでしたが、時には心が傷ついてしまって、私が謝っても赦してはくれない時もありました。毎朝毎朝、今日こそは母に悪いことをしないで一日が無事に終えられることを祈って始めるのですが、夜には、今日もまたやってしまったと悔いる日の連続でした。惨めな敗北の日々が続きました。

そのような母と私の様子を見て、往診の時にお医者さまが経管栄養にすることを決められました。いよいよその時期になったのかと、私は動揺しました。数日に一日ぐらいは順調にスムーズに飲むこともあります。もう一度私が心を新たにして頑張ってみることはできないだろうかと思いました。母は無口にはなりましたが、穏やかな表情は以前のままです。この顔に管が付いてしまうのかと思うと、何とも心が迷いました。でも先生は、看護者である私が疲れて倒れてしまっては、母のためにもいけないこと、また母自身も二三〇ccを飲むのに二時間もかけることは疲れるはずだと言われて、その決定を変えようとはなさいませんでした。

「管を付けても、それほど悲愴な様子に見えることはないと思いますよ。そして今までと同じ手製の食事を与えることができますし、お茶やジュースは口から飲ませることもできるし、また、なるべくそれを度々してください。それに、やめたい時は、何時でも管を抜き取ることは簡単です。ただ抜き取る時や入れる時は少し嫌がると思いますが、入れてしまえば多分今は、それほど鬱陶《うっとう》しがらないと思います。塩分や糖分や脂肪分などのコントロールは前よりもしやすくなること、飲みにくかった薬は液状にすれば簡単に飲ませられることを考えると、ある意味では良い事もいろいろありますよ。とにかく、その準備はすぐにしておきますから、心が決まったら知らせてください」そう言われてお医者さまは帰っていかれました。

今までも先生の判断はいつも正しかったから、そうしたほうがいいとは分かっていたのですが、私の心が決まるまで一週間もかかってしまいました。そして、その処置がなされました。「案ずるより生むは易し」でした。母の顔は相変わらずかわいらしいままでしたし、一回の食事が三十分以内で終えることができるのは大変な負担減でした。そして何よりも良かった事は、私のヒステリーが治ったことでした。食事戦争がほぼ一年間続いた後での経管栄養でした。九年目が終わりに近づいている十二月になっていました。

経管栄養になってからは、看護はとても楽になりました。そして気が付いてみると、母と私の生活はとても静かな時が多くなりました。「よう子ちゃん」「よう子ちゃん」と呼んでくれた声もほとんど聞かれなくなっていました。私が傍に座って、時間をかけていろいろ話しかけると、答えてくれる母の声も「うん」「うん」と言う小さな声です。静かになったなと思いました。

＊

一月三日
　今日は朝から眠り続けて、昼すぎになっても目を覚ましません。ご飯を食べさせることもできず、嫌になってしまい、思わず「もう三時になるのよ。いい加減にして目を覚ましてちょうだいよ、バカタレ」と怒鳴ってしまいました。すると、さすがに吃驚したらしく、目を覚まして、鳩が豆鉄砲を食らったようなキョトンとした顔をしていました。それで私が、「目を覚まして野菜ミルクを飲みましょう。おかあさまは良い子でしょう」と話しかけると、「ううん、わたしバカタレ」

二月四日
　こういうのを〈嚥下《えんげ》を忘れる〉というのだそうですが、延々とゴックンをしてくれず、朝の野菜ミルクを飲ませるのに数時間もかかってしまいました。お薬もイヤイヤ。私が頭にきていると、母は「あなたなんかいないほうがいい」と言って反抗。こっちもカッカとしますが、間違っても同じ台詞《せりふ》で言い返すことだけはできず、言われ放題でした。

四月十六日

淳而が用事で上京。冷え冷えとした日のせいか、母は無口です。飲み込んでくれない食事を私が延々とさせ続けているのを見て、淳而は「あぁ辛い」「あぁ辛い」と辛がっていました。こういうことを毎日やっているのですよ。

四月十八日

前日上京していた弟が昨日、私が母に食事をさせていた傍で新聞を読んでいました。またまた母はご飯を食べてくれませんでした。それで私は母を宥めたり賺《す》かしたりしながら母に話しかけていました「おかあさま、お口開けましょう、あーんしてちょうだい。おかあさまは良い子でしょう。はい、あーん」。すると突然、弟は怒鳴りました、「止めてくれ!」私はなんだ? と思いました。でも、そのまま続けました「おかあさま、ご飯いただきましょう、さあ、おいしいのよ。お口開けましょう」。するとまた弟は怒鳴りました「止めろと言っただろう!」。今度は、私が怒鳴りました。「こうやってでも食べさせなくてはならないっていうことが分からないの! これが受け取れないのなら、ここに泊まる資格はないの、すぐに出て行きなさいっ！」「何だよ、おっかない」「何だよ、じゃないっ。出て行きなさい！そんな人間ここに泊まる資格ないっ！」「ああ、おっかねぇ、おっかねぇ」と言いながら彼は隣の部屋にとび出して行きました。

しばらくは、私はむっとしたまま。でも母には食べてもらいたいから優しく、母の食事を続けました。三十分ほどすると、襖が十センチぐらい開きました。そして弟の声が入ってきました。「ごめんなさい。赦してください……ほんとうに悪かったと思っています……赦してください……では休ませていただきます。悪かったです……」

私が声を殺して笑っていたのを弟は知らなかったと思います。

四月二十一日

表情ははっきりしているのに、今日もまた飲み込んでくれません。おどしても、すかしても駄目。かわいい顔をして、「困っている」「わたし困っている」と繰り返し言っています。思わず抱きしめて頬ずりをしました。私のヒステリー発作がすうっと消えていくのを感じました。

四月二十八日

今朝、指をくわえてかわいい顔をして眠っていました。体温計を当てようとして、腕をそっと動かすと、びくっとして目を覚ましました。そしてニコッと笑って私を見て「いじわるなおばさんだ」と言いました。私が噴き出して笑ってしまうと、母も「うふふふふ」。そしてまたすぐに眠ってしまいました。

五月三十一日　　やちよ

今日はたいへん順調でした。夜、スープを頂いたあと、お話ができました。「おばあちゃまの今いちばん会いたい方は？」「わたしの兄よ」「二番目には？」「わたしよ」？？？　しばらくして、「わたし、みんなしてもらっているから、何にも心配することないの」と、本当に安心しきった顔で言われました。久しぶりのお喋りでした。

六月二十一日　　やちよ

今日も飲み込めないで困りました。夜に往診をお願いしました。調子は良いとのことでした。先生には久しぶりによそいきのご挨拶をしたので、先生も喜んでくださいました。「どうしてご飯を頂かないのですか？」と聞かれる先生に、「遠慮しているのです」と答えたので、先生は大笑いされました。

七月二十四日

夜、何だか私には分からない言葉を話しかけてきます。私が分からないので聞き返すと、同じ言葉らしき一連の音を出します。まだ私が分からないので聞き返すと、母は悲しそうな顔をしました。ああ、何かを言っているのだけれど、それが私に伝わらないので、焦《じ》れったく悲しいのだろうと気付きました。そして、私は分かった振りをして、「あぁ、そうなの」「あら、そうぉ」と相槌をうちながら母の〈話〉を聞きました。母は満足そうに言葉らしき音で私に何かを話し続けました。

その後、私が「主われを愛す」を歌ってあげると、母は一生懸命ハミングをしてくれました。

八月一日

明日から二週間、N先生は夏休みの旅行でお留守です。その前に……と、軽い微熱もあり、往診をお願いしました。先生も二週間のお留守を心配なさったのかもしれません、熱冷ましといろいろなビタミンのようなものの注射をしてくださいました。そのためか、夜、久しぶりに母の平熱の三十五度台になりました。

八月二日

朝、三十五度台で目を覚まし、食事もよく飲み込んでくれました。それだけではありませんでした。ここ何ヵ月聞くことのなかった母のお喋りを聞くことができたのです。こちらの話しかけに対し、はっきりと言葉でいろいろと反応してくれました。「あなた達、皆バカ」を久々に聞けました。昨日の注射のせいでしょうか。やちよさんも私も大喜びしました。「バカ」と言われるたびに大喜びする私達は確かにバカな人間です。

九月九日

今日も一日食事戦争でした。夜のお薬を飲ませ終えたのは夜中の十二時半。でも楽しそうな顔をして、小さな声ではあっても「バカ」「バカ」と言ってくれます。絶対に諦めてはいけないと思いました。

十月八日

やちよさんは引っ越しの準備などでダウン。今日は入浴サービスの日です。それで私は申し訳ないけれど休講にしました。入浴サービスの看護婦さんが何とも頼もしい人でした。そしていいことを言ってくれました。私が、近頃は母がお喋りをしてくれないので淋しいと言うと、その看護婦さんは「でも、美川さんはほかのお年寄りと比べると、ずっと表情がありますよ」と言ってくれました。そうだ、母にはまだ、私達の愛情を引き出す表情がある。

十一月四日

（「九年目」をまとめて先に書いた出来事の中で、私の死ぬのは「イ・ヤ・ダ」と口の形で母が言うのを私が〈聞いた〉のはこの日です）

十二月四日

食事戦争で母の誕生日を迎えました。おかあさま、九十四歳のお誕生日おめでとう。「………」。長生きして私とずうっと一緒にいてね。「うん」。新しく建て替えられたマンションの新しい家に住みましょうね。「うん」。頑張ってね。「うん」

十二月六日

夕方とてもよくお返事をしてくれました。おかあさまいい子ね。「うん」。かわいいわね。「うん」。昨日N先生がね、お鼻から栄養を入れるようにしましょうっておっしゃったの。「ううん?」。お鼻から管を入れて栄養を摂りましょうって。「駄目だ」。そうしたほうがいいんですって。「嫌だ」。嫌なの?「うん、嫌だ」。私も迷っています。辛いです。

十二月十三日

一週間迷い、また頑張ってみたあげく、経管栄養にするようにN先生にお願いしました。夕方、看護婦さんの桧山さんと一緒に来られた先生は母に苦痛も与えずに経管栄養の道をつくってくださいました。母の表情は何時もどおりで、苦しそうではありません。食事は前とは比べものにならないほど早くあげることができました。前と同じメニューで同じ味のものです。

十年目（一九九一年　九十四歳）

経管栄養になって、栄養の摂取が確実になったので、十年目の母の健康状態はたいへん安定していました。それだけではなく、以前は飲み込んでくれないので、看護のための時間と心の殆どを食事を与えることに費やされていた分、今は母にとっても看護者にとってもゆとりができて、母に話しかける時間が多くなってきました。ニッコリと微笑んだり、私達の話を穏やかな表情でよく聞き、短い言葉ではありましたが、よく返事をしてくれました。母が言う言葉は、「うん」「うぅん」とか、「なぁに?」とか、「わかる」「ちがう」などの短い返事でしたが、コミュニケーションは充分にできていると私達は感じていました。でも年の半ば頃からは、母の返事は小さな声の返事になり、また、その頻度もだんだん少なくなってきました。

この年の大きな出来事は、最初から母を九年以上も看続けてきてくださったMさんが五月末で辞めていかれたことでした。悪性の癌に侵されたのです。Mさんは自分の病気のことを知っていましたが、静かに事態を受け取っておられました。時々お見舞いにいくと、いつも「おばあちゃまどうしている？」と訊ねてくれました。「この私が九年以上もよく続いたわね。一週間に一日だったから続けられたのかもしれないわね」などとも言われました。私が「前のように、母に歌をうたったり、お遊戯をして見せてくださったりする日がくるかしら」と言うと、Mさんは何も答えませんでした。

そしてMさんに代わって母の看護をしてくださったのは、やはり教会の友人であるHさんでした。Hさんもまた、今はもうほとんど何も言葉を話すことはなくなった母を大切に一人の人格をもつ者として対してくださり、本当に感謝でした。母のように物言わなくなった者を、人格をもつ大切な一人の人間として見られる人と、見られない人と、なぜか二とおりの人がいるようです。

間もなくこの年が暮れて、クリスマスになる頃、Mさんは体が弱っている中なのに、母にクリスマスプレゼントを送ってくださいました。民芸調のかわいい風車でした。

過ぎ去ってみると苦しいことなど一つもなかったとしか思えないのに、看護日誌を読み返してみると、我ながらかなり奮闘しています。この年の初め頃から私は胆嚢炎《たんのうえん》で頻繁に発作が起こり苦しんでいました。母とも随分お喋りを楽しんだと思っていたのに、母の語録を書こうとして日誌の頁をめくってみると、母は随分言葉少なになっているのに気付きました。看護者の日誌は、「おばあちゃまは私の話を『うーん』『そぅお』などとおっしゃりながら聞いてくださるので嬉しくなりました」とか、「歌をうたってさしあげると、『うーぅ、うーぅ』とハミングで合わせてくださり、楽しい時を過ごしました」とか、「私が話している間中、ニコニコしながら聞いていてくださいました」などと書かれているのが殆どであり、それすらも、年の中頃からはだんだん少なくなっているので、語録として記すべきものは一つ二つだけでした。

*

四月十四日

夜のおむつ替えのあと、ご機嫌で何かを一生懸命お喋りしてくれました。何を言っているのか知りたくて、よく聞いてみるのですが、何だか分かりません。去年もこんな事があったことを思い出し、あの時と同じことをしました。私がさも分かったように、「あぁ、そうなの」「よかったわねぇ」などと相槌をうつと、満足気に、なお音だけの言語で喋り続けていました。母のお喋りの中に分かった部分もありました。それは「赤ちゃんが立ってたよ」、あら、そう、男の子？　女の子？　「おんなの子」

五月二十六日
（Mさんの最後の看護の日でした）

十二月四日　やちよ
暖かで静かな小春日和の九十五歳のお誕生日を迎えました。おばあちゃまの顔は何時からか少しも年をとらない、ちっとも変わらない、きれいな顔になっています。伊藤弥栄さんが今年も蘭を持って来てくださいました。

十一年目

（一九九二年　九十五歳）

昨年の後半には小さな声で時々「うん」「うん」と私達の話に応えていたのも次第に減ってきて、この年には、声で応えるかわりに、瞬《まばた》きで応えるということを始めました。表情も穏やかです。私達の話をじいっと聞いていて、時折、以前だったら「うん」と応えるところを、目をぱっちんと瞬きます。また、眠っている時間がたいへん長くなってきました。でも、時として母は突然以前のように返事をしたり、ニコッと輝くような笑顔を見せてくれたりして、私達を大喜びさせたりすることもありました。
この年は、一月初旬に始まる一ヵ月半ぐらいに右の眼が、そして七月に始まる一ヵ月ぐらいに左の眼が真っ赤に充血するということがありました。余りにも真っ赤なのに驚いて、母が寝たきりになる前にはよく診ていただいていた眼科医のH先生に相談に上がりました。理知的で明るく、母の大好きな女医先生は気さくに診察に来てくださいました。急性結膜浮腫という病気で、年齢には関係のない病気であり、外から見ると真っ赤なので驚くけれど、本人には痛みもなく、また心配もないものであり、今以上悪くなることはなく、時間はかかるかもしれないが、いつか必ず良くなる類の病気とのことでした。先生は「これはお見舞いだから」と言われて、往診料はどうしても取ってくださいませんでした。そして、その〈お見舞い〉は数回以上もしていただきました。

秋には母を九年半看護してくださったMさんが天に召されていかれました。病気が発見された時には、あと二、三ヵ月と言われていたのが、それほどの苦しみもなく一年半の命を保たれました。多くの方々が母を追い越して亡くなられていきましたが、まさかあんなに若いMさんに先に行かれるとは思ってもみないことでした。しかし母はその日も何も知らずに、スヤスヤと眠っていました。この年の十二月四日に母は九十六歳になりました。

＊

一月七日
テレビの「徹子の部屋」の番組で、女優の山田五十鈴さんが自分が去年病気になった時に、ふとすると、思っていることを口で言うことができなくなり、また、ふとすると何事もなく話せるように戻り、また、しばらくすると口と心がばらばらになってしまい、心中なんとも、もどかしかったと話しておられました。時として母が何かを言っても私が分からないと、切なそうな、もどかしそうな顔をすることを思い出しました。

十月三日
Mさんの召天の報が夜ありました。
灯火のほのおが消えるように、この世を去られたとのことでした。

十二月二十日
私が風邪気味なので少々躊躇した教会からのクリスマス訪問でしたが、迎えてみると私の思いをはるかに超えて恵まれた母のためのクリスマスになりました。高野さんと佐藤黎子さんが来てくださいました。黎子さんのソプラノと私のアルトで母の好きなクリスマスの讃美歌を歌うと、母は眼をぱっちりと開けて一生懸命に聞いていました。また母の讃美歌の本の頁にある母独特の書き込みを皆して楽しみ、次から次へと歌いました。その後、私どもが心からの感謝の祈りを捧げているとき、母は明らかに祈りと思える音声で「あーぁ、あーぁ」と大きな声で合わせていました。思いがけない恵まれた母のクリスマスでした。

（註）今思うと、結局これが母の最後のクリスマスになりました。あの時、私の風邪気味を理由にクリスマス訪問をお断りしなくてよかったと思います。「おばあちゃん、パッチンして」というアニメ映画を見たことがあります。その中でこの時の母の祈りとまったく同じと思えるシーンがありました）

十一年目の終わりから十二年目の初め

前年のクリスマスの頃に私が持ち込んだ風邪を母にうつしてしまいました。寝たきりになって以来、今までにも母は何回か風邪をひき、その都度私どもは慌てましたが、今回の風邪は今までのとは少し違っていました。喉に痰がからんで、呼吸するのに苦しそうでした。こんなに沢山空気があるのに、それを吸うことができないでいる母を見るのは本当に辛いことでした。何とかしてその痰を吸い取る方法はないものかとお医者さまにお訊ねすると、あるとのことでした。そしてモーターの付いた吸引器を貸してくださり、その使い方を教えてくださいました。小康を得て一息ついた頃、先生は毎年行かれる年末から二週間ほどのヨーロッパ旅行に立っていかれました。

そして大晦日からお正月にかけて、私の恐れていたことが起こってしまいました。先生の留守中に、母が再び具合が悪くなり、呼吸するのが苦しくなってしまったのです。義姉と私とでありったけの力をしぼって看病し、ただひたすら正月休みの明けるのを待ちました。一月四日の朝、今までも一旦緩急《いったんかんきゅう》ある折には頼っていた、ベテラン看護婦の方達のグループである「日本在宅看護システム」の事務所に電話をかけました。すぐに駆けつけて来てくださり、ホームドクターが旅行に立たれる前に、何かあったら連絡するようにと言い置いていかれた、やはり医者として横浜にある病院に勤務されている息子さんである若先生と連絡を取りながら、彼女達は文字どおり体当たりで助けてくださいました。母の年齢をみて諦めたりする様子などはまったくなく、私と同じ心になって、私よりはるか以上の能力と技術をもって処置をしてくれました。

今度はもう乗り越えられないかもしれないと思いながらも、あの時私が切に願ったことは、今回は私がうつしてしまった風邪だから、このことで母が召されることがないようにということと、こんなにも満ち溢れている空気なのだから、最後の時にはそれを思う存分に呼吸しながらこの世から旅立って行ってもらいたいという二つのことでした。そしてやがて看護システムの方達の助けで、遂にその状態を乗り越えることができ、母は再び楽に心地良さそうに息をするようになりました。間もなく帰国されたホームドクターに、在宅看護システムの方達はここ二週間の報告を済ませて、引き揚げられて行かれました。そして看護の年月は十二年目に入っていました。

十二年目（一九九三年　九十六歳）

十二年目に入ると、母はますます静かになっていました。殆どの時を眠って過ごしていました。私が話しかけると、分かっているような目でじっと私の顔を見ているのですが、「うん」「うん」と返事をすることはごく稀になりました。そして返事をする時があっても、小さな声の返事でした。時には返事の代わりに、目をぱっちんぱっちんと瞬きして応える時もありました。でも、私は母が分かっていてくれると信じていましたから、話しかけ続けていました。

この年に入って、前からその気配があった私の胆石の発作が頻繁に起こりました。薬でなんとか溶かしたいと思っていたのでしたが、こう頻繁に発作が、それもかなり強く起こるのでは、母の看護に差し障ると思い、夏休みを利用して手術する決心をしました。日程を組み、義姉にその間、泊まってもらうことにしました。そして入院の前日七月三十日に、母にそのことを話しました。「おかあさま、よう子はね、明日入院するの」と言うと、母は吃驚した顔をして目を大きく見開きました。「病気ではないのよ。悪い所を切り取って、捨ててしまうために病院に行ってくるの」。でもまだ母は不安そうに大きな目で私を見ていました。「おかあさまは大丈夫よ。その間ママがおかあさまのお世話をするためにずっと泊まってくれるの。だからおかあさまは安心していてちょうだいね」。母の大きな目は少し小さくなりました。でも相変わらず心配そうな顔でした。

「病院に行って悪い所を切って捨ててきてしまうの。悪い所があると、おかあさまのお世話ができないでしょう。だから捨ててしまいましょうよ」。母はぱっちんと瞬きをして返事をしました。「おかあさまはこの家でいちばん大切な方ですもの」。ぱっちん。「おかあさまは私の宝物だから、おかあさまのために、元気になりたいの」。ぱっちん。「だから病院から早く帰って来るから、待っていてね」「……」「お土産買ってきましょうか」「……」「分かった?」「……」。知るべき事が分かりさえすれば、その余の事はもうどうでもいいとでも思ったのか、その後は、ぱっちんの返事はしてくれませんでした。

このような出来事が何回となく、最後の日まであったので、物言わなくなった母は、最後まで私達の言うことが分かっていてくれたと私は信じているのです。九月十五日の敬老の日にも似たようなことがありました。今日は敬老の日であることを母に告げて、心をこめて挨拶をしたら、目にいっぱい涙をためて聞いていました。何を思っていたのでしょう。何を心の中で言っていたのでしょう。

とはいえ、母の最後のときが近づいていることは覚悟せざるを得ないことでした。その頃に、私のなかに三つの祈りが生まれていました。第一の祈りは、私が家にいる日に母を召してくださるようにとの祈りでした。それは、私がその時に側にいてあげたいというだけでなく、もしほかの看護の方が一人でいる時に母が召されたら、その看護の方はきっと辛いだろうと思ったからでした。第二の祈りは、私がその時を気付いて、私が見守る中で母を送らせていただきたいこと。第三の祈りは、母が痛みも苦しみもなく召されることでした。

平成五年の十一月十四日は、風は少しありましたが、前日の暗い寒い日を拭い去ったように、美しく晴れ上がった暖かい小春日和でした。日曜日で私は家におり、からっと気持ち良く乾いた洗濯物を、母のベッドの傍らでたたんでいました。すると、母は急に大きく息を吸い込みました。おかしいなと思い、「おかあさま、どうしたの」と呼ぶと、吃驚したように目を覚まし、またしばらくすると、スヤスヤと眠りに戻っていきました。気持ち良さそうに眠っているので、何か夢でも見たのかなと思い、また仕事を続けていると、再び大きく息を吸い込みました。「おかあさま、どうしたの？　お口の中を見てみましょうか」と大きな声で呼んで傍に行くと、それから二回ほどゆっくり息をしたあと、静かになっていきました。

大きな声で呼んだり、頬を叩いたりしたのですが、静かに眠ったまま表情が変わりません。慌てて脈を探したり、胸に手を置いて動いているかどうか探ったりしてみたのですが、どうも動いていません。義姉に電話をして、お医者さまに来ていただくよう電話することと、兄と義姉にもすぐ来てくれることを頼んでから、母のところに戻ってきました。母は静寂の中に横たわっていました。召されたのだな、と思いました。どこまでが生で、どこからが死なのか分からないような死でした。なんて静かなのだろう、これが人の、それも愛する母の死だったのかと、厳粛な思いでした。

間もなくお医者さまが来られ、母の臨終を告げてくださいました。そしてその時の様子を訊ねられたので報告すると、先生は「病気なしの老衰でしたね」と言われました。先生がいてくださったから、自宅で母を天に送る幸いがもてたことを思い、ただ感謝でいっぱいでした。

それから三十分ほどの、母と私の二人だけの時がありました。感謝の祈りを捧げたあと、まだ温かい母を抱きしめて、「おかあさま、ありがとう」と心から礼を言いました。教会で母が属していた高齢者のグループは、亡くなられた丹羽鋹之牧師が「人生の最後の時期を美しくあるように」と希って、「紅葉会《こうようかい》」と名付けられていました。まるで、そのことを確認させるかのように、窓の外をサワサワと音をたてて落ち葉の群れが斜めに飛んで落ちていきました。

あと二十日で、母は九十七歳になるところでした。そして、そのあともう一月《ひとつき》と少しで、看護の年月はまる十二年になるはずでした。

十一月十四日

暖かく明るい今日が、母を召してくださる神様の時でした。

神様、母を愛してくださいましてありがとうございました。

おかあさま、本当にありがとう。楽しい十二年間でした。

母は午後二時二十五分、天に召されてまいりました。

あとがき

母が亡くなって二年を経た頃、何人かの友人達に勧められたこともあり、また私自身も母の看護の十二年間に経験したこと、考えたことなどを書いておくのもいいかと思い、『紅葉《こうよう》のとき』と題して、私家版で本にしておきました。幾多の方々の嬉しい反響もあったのですが、その後はそのままにして十年が経ちました。改めて出版を、という話が起こり、そこでもう一度自分の本『紅葉のとき』を読み返してみました。

丁度その頃、大井玄先生の御著書『痴呆の哲学』を読む機会が与えられ、深い感銘を受け、先生に母の十二年間の姿を知っていただきたいと切に願い、『紅葉のとき』をお読みいただきました。すると、快く今回、本書に所感をお書きくださいました。

教えられること多く、ここにそれをそのまま、「あとがき」に代えて、ほかの方々にも読んでいただきたく思います。

著者

二〇〇五年　春

『おかあさま、大丈夫よ』に寄せて

大井　玄

人はこの世に生まれ、赤子の時期を経て成長し、働き、やがて老い、この世を去る。幼児の知恵が少しずつ発達し成長する様子を、人はかわいいと愛でるが、老いて物の区別がつかなくなった者を、そのようには思わない。

しかし現代脳科学は、赤子が成長していく脳の発達過程と、老人の知力が衰えていく過程とは相対応していることを明らかにしている。それを幼児の「生成 genesis」に対し「収束 retrogenesis」と呼ぶ。

もし、生成がほとんどの人にとって「かわいい」過程であるならば、幼児期の人格に戻る収束の過程にも、愛嘆すべき様相が現れていてもおかしくはないだろう。美川さんのお母さんは、その言いようのないほどの「かわいさ」を体現しておられた。この書は、「痴呆」ときくだけで、拒み怖れる現代人にとっては信じがたい、希有の事例報告ともいえよう。

若くして夫を亡くし、三人の子を女手ひとつで育て上げた彼女も、八十歳を過ぎて確実に老いの坂を下りていく。母と同様、大学で教鞭をとる娘は、その様子を不安な想いで見守っていた。しかし八十五歳の時、意識障害を伴う熱発を起こし、娘を誤認する気配が現れ、もはや自力で立つことができなくなり寝たきりになる。しかし、その時以来の約十年は、ますますかわいく子供に帰っていく母と、介護者として賢く成長する娘との蜜月であったのだ。

倒れた時、娘を娘として認識できなかった母が正気を取り戻したように見えたとき、娘は、意識が戻った母に「見知らぬ人（実は娘）が傍にいるのを見て、不安ではなかったか」と聞くと、母は首を横に振って、「わたしの傍にいる人は必ず良い人にちがいない、と思ったから」と答えたという。

多くの認知症（痴呆症）の老人は初期には被害妄想や、幻覚、時には夜間にさわぐせん妄状態を起こす。しかし彼女にはそのような精神症状(周辺症状)は、いっさい見られなかった。それは、彼女に不安がまったくなかったからであろう。

私はかつて精神症状を伴わない「純粋（単純）痴呆」のお年寄り達を沖縄で見た。彼らは敬意をもって遇され、ゆったりとした時の流れに身をゆだねて、悠々と日々を過ごしていた。そのような人生の収束は、この殺伐とした利己的現代社会では見出すことが、ほとんど不可能と即断したことさえあった。

しかし幸い、現在私の付き合うかぎりでも、何人かの「純粋痴呆」状態にある人がおられる。知力テストが零点で、言葉も殆ど出なくなった老人が、いつもニコニコしているのを見るのは愉しい。

愛情と、信頼と、程々の知恵があれば、人生の最終期、宇宙へ戻らんとする時期が、どんなにかわいく、美しく、幸せであり得るかという福音をこの書は伝えている。

著者プロフィール

美川 漾子（みかわ ようこ）

1929（昭和４）年　東京に生まれる
1950（昭和25）年　キリスト教の洗礼を受ける
1972（昭和47）年から1997年まで、文教大学において英語・英文学の講師
1975（昭和50）年から1999年まで、明治学院大学において英語・英文学の講師

美川 トク（みかわ とく）

1896（明治29）年　岩手県に生まれる
1920（大正９）年　奈良女子高等師範学校を卒業後、高等女学校で教鞭を執る
1926（大正15）年　結婚のため教職を退き、のち二男一女の母
1936（昭和11）年　夫との死別後、再び教職に戻る
1952（昭和27）年　キリスト教の洗礼を受ける
1982（昭和57）年　女子大学家政学部を定年退職した後、寝たきりになる
1993（平成５）年　秋、召天

おかあさま、大丈夫よ　命の紅葉《こうよう》のとき

2005年４月15日　初版第１刷発行

著　者　美川 漾子
発行者　瓜谷 綱延
発行所　株式会社文芸社
〒160-0022　東京都新宿区新宿1－10－1
電話　03-5369-3060（編集）
03-5369-2299（販売）

印刷所　株式会社平河工業社

ISBN4-8355-8910-6